茨木さんと京橋君 1

椹野道流

CHARADE
BUNKO

二見シャレード文庫

目次

イラスト――草間さかえ

茨木さんと京橋君 1

四月一日。

世間ではエイプリルフールだったり、入学式だったり、入社式だったりするのかもしれないが、俺、京橋珪一郎《きょうばしけいいちろう》にとって、今日はちょっと中途半端に特別な日だ。

何しろ今日は、一年間のアメリカ留学から戻って、最初の出勤日なのだから。

新しい職場ではないけれど長くご無沙汰《ぶさた》した場所というのは、微妙に敷居が高くて、朝からどうにも落ち着かない。

俺の勤務先は、K医科大学付属病院の耳鼻咽喉科《じびいんこうか》。読んで字のごとく、耳と鼻と喉《のど》のお医者さんというやつで、ちなみに肩書きは助手、会社でいえば平社員である。

出勤日といっても、今日は金曜日なので、実際は職場に帰国の挨拶《あいさつ》をしに来ただけだ。本当に仕事を再開するのは週明けからということになっている。

「い……いよいよ戻ってきたな……」

たった一年離れていただけなのに、医局に入るとき、けっこう緊張している自分に気がついた。

いつもなら、なんの遠慮もなく扉を開けられるのに、つい、ノックなんてよそよそしいことまでしてしまう。

「お邪魔……しますよ、と」

自分の職場に「お邪魔します」もないものだが、それほど気後れしていたということなのだろう。

そうっと扉を開けて医局に入ると、独特の、むわっとした薬品の臭気が鼻を掠《かす》めた。

耳鼻咽喉科の処置では、よく薬液をスプレー状にして使う。鼻粘膜にまんべんなく、効率よく薬剤を行き渡らせるためだ。

そのせいで、耳鼻咽喉科医の白衣にはいつも薬液の粒子がたっぷりくっついていて、医局になんともいえない臭《にお》いをもたらしているのだった。

毎日仕事をしていたときは感じなかったそんな臭いが、今日はやけに懐かしく思える。

帰ってきたんだ……という実感が、ますます強くなった。

「えーと……。た、ただいま」

見回すと、室内は相変わらず雑然としていて、その変わりのなさにちょっとホッとする。

「あっ、京橋先生！ わあ、お帰りなさい」

美人秘書の加藤《かとう》さんが明るい声で挨拶してくれたのを皮切りに、医局に残っていた同僚たちが、部屋のあちこちから口々に声をかけてくる。

「よう、京橋。久しぶりっ」

「元気そうじゃないですか」

「京橋先生、お帰りなさいっ。あら、太って帰ってくると思ったのに、痩《や》せました？」

「あれっ、お前、いなかったっけ？　一年も？　マジ？」

「お土産《みやげ》！　アメリカ土産は？　あれ、アメリカ土産ってなんかあんのかな。饅頭《まんじゅう》とか煎《せん》餅《べい》とかねえよな」

先輩も同期も後輩も、みんな言いたい放題だ。でも、これまた相変わらずのざっくばらんさに、猛烈にホッとした。

いわゆる「メジャー」の外科や内科と違って、眼科や皮膚科や耳鼻咽喉科といった科は、医学部では「マイナー」と言われている。

メジャーは所属する医者も多いし、上下関係もわりにハッキリしているところが多い。外科系なんて、典型的な体育会系のところがほとんどだ。内科は外科ほどではないにしても、教授の権力の大きさはただものではない……らしい。

でも、マイナーのほうは、医局もどちらかといえば小規模だし、雰囲気も……なんというか、わりと、緩い。文化部っぽいと言っても過言ではないだろう。

教授も准教授も、もちろん偉い人だけれど、よくある病院ドラマのように雲の上の人というわけではなく、我々医局員に上司として気さくに接してくれる。

今日は、准教授は他大学へ講義に出かけて不在だったが、教授の奥田《おくだ》先生に挨拶することができた。

奥田先生はまだ四十五歳になったばかりで、臨床の教授としてはかなり若いほうだ。

「やあやあやあ、お帰り！　ずいぶん頑張ってきたみたいじゃないの。あっちのハワード教授からも、よく働くいい子をよこしてくれてありがとうって、お礼のメールをもらったよ」

教授室の扉をノックすると、一年前と少しも変わらないハイテンションで、奥田教授は俺を迎えてくれた。

「無事に帰りました。ええと、このたびは僕を留学させてくださって、本当にありがとうござ……」

「いやいやもうそんなのはいいから、まあ顔を見せてよ。うんうん、元気そうで何より。でも、うーん、若いのに、あんまり向こうで飯食わなかったの？　僕が留学したときには、十キロ以上太って帰ってきたもんだけどね。肉もポテトもアイスクリームもすごいボリュームでさ」

ポテトとアイスクリームを完璧《かんぺき》なアメリカンイングリッシュで発音して、奥田先生は快活に笑い、僕の肩を叩《たた》いた。

「いえ、まあ……」

「君のパンパンになったお腹《なか》を叩くつもりで用意した手の、持って行きようがなくなっちゃったじゃない。相変わらず、細くてかっこよくて羨《うらや》ましいなあ」

「や……あの、すいません」

「白衣じゃなくてスーツだと、アレだね、就職活動中の大学生みたいにピッと決まってるね！」

どう考えても褒められていない気がするのだが、教授に悪気がないことは、これまでの経験からわかっている。とにかく、正直な人なのだ……。

「う、はあ」

久々に接する上司のマシンガントークに、俺はまともな相槌《あいづち》一つ打てず、ただ突っ立っているしかなかった。

冷静沈着な篠原《しのはら》准教授とは対照的に、奥田教授はやんちゃな少年の雰囲気を持った人だ。思いつきで行動を起こすことが多いので、医局員は振り回されて苦労するのだが、なぜか憎めない。そんな得なタイプの人だからこそ、この年で教授の椅子《いす》に座れているのだろう。

教授は俺が所属する研究班「アレルギーグループ」のリーダーでもあり、自身も海外生活が長かったことから、「こういうことは若いうちにやったほうがいいんだよ。研究っていうより、英語に慣れると思って行ってきなさい」と言って、俺をアメリカに行かせてくれた。

確かに、俺は学生時代に奥田教授のゼミを選択し、その頃から、研究グループの仲間入りをさせてもらっていた。

だから、学生の身で研究の末端を受け持たせてもらったし、学会にも何度か連れて行ってもらっていた。

医局の飲み会にもしょっちゅう呼んでもらって、まあ言うなれば、学生の頃から医局の一員扱いをされていたわけだ（先輩たちに言わせれば、「手なずけておいた」ということになるらしいが）。

だから、俺が耳鼻咽喉科に入局したのはごく自然な流れだった。あちこちの科を回っている研修医期間にも、可能な限りグループの勉強会には参加したし、論文も何本か書いた。

とはいえ……たとえそういう流れがあったとしても、医者になって四年目で留学させてもらえるなんて、そうそうないことだと思う。

大きなチャンスをもらったことは嫌になるくらいわかっていたので、どうにか教授の期待に応《こた》えようと向こうでも必死で頑張ったし、近況はけっこうマメにメールで知らせてもいた。現地で書いた論文も、教授に送って何度もアドバイスをもらい、添削してもらった。

教授の反応は、メールではいつも好感触だったけれど、それでも直接会うまでは安心できない。俺は呑気《のんき》そうだとよく言われるが、実はすごく上がり性だし、心配性でもあるのだ。

でも、昨夜《ゆうべ》ろくに眠れなかったほどの不安は、杞憂《きゆう》だったらしい。

教授はメールの文面よりずっと喜び増量の顔で、よく頑張ったと褒めてくれた。英語論文も、まだまだ不慣れではあるが、留学の成果としては十分納得いくものだと言ってもらえて、ホッと胸を撫《な》で下ろす。

来週からのスケジュールを確認し、みんなにお土産を配り終えて医局を出ると、妙に疲れていた。力が入っていたのか、肩がひどく凝っている。

「これじゃ、週明けからが思いやられるなあ。今日はまだ一滴も仕事してないんだぞ、俺」

鈍く痛む肩を片手で揉《も》みほぐしながら、俺は次に消化器内科の医局に向かった。

もうひとり、挨拶したい人がそこにいるのだ。

けれど、目当ての人は病棟回診中で会えなかった。まあ、これから仕事の合間に、いくらでも訪問のチャンスがあるだろう。そう思った俺は、今日のところは帰ろうと、エレベーターで三階まで降りた。

一気に一階まで降りなかったのには理由がある。今俺のいる一号館よりも、三号館のエントランスから出たほうが、駅に近いのだ。

医科大学の建物というのは、建て増しを続けるうちにだんだん迷宮と化していくのがお約束だが、うちも例外ではない。

病院棟が一号館、臨床第一講堂が二号館、三号館と五号館には学生のための講義室・実習室があり、四号館は図書館。

六号館は放射性物質実験棟、七号館は隔離病棟、八号館は基礎医学教室棟、九号館は……そのあたりになると、俺にもよくわからなくなってくる。

とにかく、そうした形も高さも違う建物が、互いに連絡していたりいなかったりするので、棟の行き来はやたらにややこしい。

そんな中で、いちばんスムーズに往来できるのは、一号館と三号館の三階連絡通路だ。ここの渡り廊下はほかよりひときわ幅が広く天井が高く、両方の壁がほぼ全面ガラス張りになっているのでとてもゆったりして明るい。しかも通路の両側には、窓を背にしてベンチがいくつも並べてある。おかげで、外来が混んでいる時間帯には予備の待合室代わりになり、そのほかの時間は入院患者や見舞客たちの憩いの場として賑《にぎ》わっている。

そして、三号館の連絡通路手前には、病院の中でも特にポピュラーな施設が二つある。

一つは、食堂だ。ここは学食とはべつに、患者や見舞客を主なターゲットにしている。けれどももちろん、職員や学生も利用して構わない。病院の食堂だけに、内装も味も値段もそこそこだが、場所がいいので繁盛しているようだ。

……もっとも俺自身は、ここに入学してから一度も入ったことはない。

その食堂の真向かいにあるのが、売店だ。

総合大学の立派な生協や売店と違って、医科大学の売店というのは、実にささやかだ。しかもうちの大学には、売店は一つしかない。最寄《もよ》りのコンビニまでは、大学から歩いて十分ほどかかる。

つまり、たいていの場合において、学生も患者も見舞客も病院スタッフも、皆、この売店を利用することになるのだ。

そんなわけで、決して広くない店舗面積にもかかわらず、品揃《しなぞろ》えは恐ろしく豊富だ。雑誌、食品、文房具といったものに加えて、入院に必要な生活雑貨や、白衣、ナースサンダル、果てはラテックス手袋などというものまで置いてある。

人間、暇になると雑誌とお菓子がほしくなるもので、俺も学生時代から、ほぼ毎日、この売店にはお世話になり続けてきた。

(そうだ。おばちゃんに、帰国の挨拶でもして行くかな)

ついでに、アメリカでは手に入らなかった、お気に入りののど飴《あめ》を買って帰ろう。

俺はそう考えて、売店に入った。

思ったとおり、売店には人影がなかった。

昼どきには、出入りもままならないくらい混み合うのだが、少し時間帯をずらせば、たいてい空《す》いているのだ。

のど飴やガムの類《たぐい》は、入り口近くの棚に並んでいる。

「あ、これこれ。これが食いたかったんだよ。ハチミツ梅のど飴!」

お目当ての飴はすぐ見つかり、俺はウキウキした気持ちで、おばちゃんに帰国の挨拶をするべくレジに向かった。

ところが。

俺の目に映ったのは、小柄で小太り、いつも笑顔の馴染《なじ》みのおばちゃんではなかった。

カウンターの向こうに立っていたのは、大学生ふうの若い男だったのだ。

ヒョロリと背が高いそいつは、十代……ということはさすがになさそうだったが、多く見積もっても二十五歳くらいに見えた。

たぶんフリーターなのだろう。やや茶色みがかった髪は短くこざっぱり整えられてはいるが、サラリーマンのようにきっちりした髪型ではない。

洗い晒《ざら》したジーンズにワークシャツというカジュアルな格好に、いかにも製菓メーカーのノベルティらしきエプロンを着けている。

どちらかといえばあっさりした目鼻立ちの優しそうな顔つきで、メタルフレームの眼鏡《めがね》がよく似合っていた。

しかし、別人がそこにいることに驚いた俺は、狼狽《うろた》えて、おばちゃんに言うつもりだった帰国の挨拶を半ば反射的に口にしてしまっていた。

しかも、かなり威勢よく。

「ただいまっ！」

「……え？」

店員は、眼鏡の奥の穏和そうな目をいっぱいに見開いて俺を見た。

当たり前だ。初対面の人間、しかも客にいきなり帰宅の挨拶をされては、驚くよりほかがない。

（し、しまったー！）

「あ、あのっ、……ごめ、俺、あの、違……！」

慌てても後の祭りなのだが、俺は必死でこれは間違いなのだと説明しようとした。

だが、目の前の彼は、そんな俺とは対照的に、実にすんなり驚きを引っ込めて温かく微笑した。そして、左手を出してこう言った。

「お帰りなさい。……そちらの商品でよろしいですか？」

「へっ？　あ、あっ、う、うん」

知らない人に「お帰りなさい」と素で返されても、今度はこっちがどうリアクションしていいかわからない。俺は促されるままに、握ったままだったのど飴を差し出した。

店員は飴をレジに通しながら、穏やかな口調で俺に話しかけてきた。

「ひとり暮らしなもので、『ただいま』なんて言われるのは久しぶりなんです。なんだかとっても嬉《うれ》しいですよ」

見てくれは若いのに、声はとても落ち着いていて、耳に心地《ここち》よい。普通に喋《しゃべ》っているだけなのに、ヒーリング系の音楽でも聴いているような気分になる。

「う……は、はあ、そりゃよかった……けど、でも、ごめん。間違えたんだ。てっきり、いつものおばちゃんがいると思って」

「おばちゃん、ですか？」

「知らないかな？　こう、縦に小さく横に大きく、顔がぱーんと丸くて、髪の毛が今どきどこでやってくるのかわかんないようなクルクルパーマの……」

「ぷッ」

身振り手振りつきの俺の説明がよほど可笑《おか》しかったのか、彼は思いきり吹き出し、まだ肩を震わせながら頷《うなず》いた。

「て……的確なご説明のおかげで、すぐにわかりました。あの方でしたら、三ヶ月前から休職中なんですよ。荷物の積み下ろしで腰をすっかり痛めてしまって」

「あー……。そういや、昔から腰が痛いって言ってたもんなあ。なるほど」

「そうなんです。それで、僕が……」

「新しい店長に？」

「いいえいえ、治ったら戻ってきてくださるということで、僕は留守を預かることになった……一応、店長代理です。いつまでになるかわかりませんけど、よろしくお願いします」

ペコリと頭を下げられ、俺もとりあえずお辞儀を返す。

「あ、ども。……じゃあ、今、この店は、ひとりで？」

「ええ、まあ。昼どきだけ手伝いに来てくれるパートさんがひとりいますけど、あとはずっと僕ひとりです」

「大変だな。それじゃ全然、休みがないじゃん」

105

「まあ、日曜と祝日は閉店ですから、週休一日は約束されていますよ。それに、閉店が早いですから、そう大変でもありませんし、休みがあってもやることは特にありませんから。……ただ、まだまだ手際が悪くて、お客さんにご迷惑をおかけしてるんですが……あ、それより」

彼はふと不思議そうに首を傾《かし》げた。

「ただいまってことは、春から新しく来られた方じゃないんですよね？　ここでお見かけするのは初めてなので、てっきりそうかと思ったんですが」

俺は頷いて、ごく簡単な自己紹介めいたことを喋った。

「俺、学生時代からここの人間なんだ。ただ、一年、アメリカに留学してたもんで、いなかっただけ」

それを聞いて、彼は納得したように何度も頷いた。

「ああ、なるほど。ちょうど僕と入れ違いだったわけですね。それにしても、留学ですか。いいですねえ」

「今日はとりあえず帰国の挨拶に来ただけで、本格的な復帰は明明後日《しあさって》の月曜からになるけど。それはともかく、俺の顔を見たことがないって……まさか、客の顔を全部覚えてんの？」

「本来はそうすべきだと思うんですけど、さすがに患者さんやお見舞いの方は、入れ替わり立ち替わりですから、なかなか」

「だろうなあ」

「でもやっぱり、しょっちゅう来てくださる学生さんや病院関係の方々は、なんとなく顔を覚えていますよ。名前と顔が一致する方は、まだ少ないんですけどね」

店員はのんびりした口調でそう言った。ほかに客もいないので、ちょっと俺とお喋りしたい気分になっているらしい。

俺のほうも今日は暇だし、なんといっても、英語にまみれて一年過ごしたあとだけに、日本語で普通に誰《だれ》かと会話できるだけで嬉しくなってしまう。会話を切り上げる理由は、どこにもなかった。

「それでも、すごいな。俺、医者のくせに記憶力悪くて。患者さんの顔はともかく、なかなか名前が覚えられないんだよ。だからロビーとか通路で患者さんに声をかけられても、相手の名前を呼んであげられなくて焦る。いけないよな、そんなこっちゃ」

感心して俺がそう言うと、彼はカウンター越しに、俺の胸元に目をやった。

「確かに、患者さんの名前は覚えられるようになったほうがいいかもしれませんねえ。ああ、でも僕に関してだけは、心配いりませんよ。僕のほうで、あなたのことをしっかり覚えておきますから、あなたが僕の名前を覚える必要はありません。耳鼻咽喉科の京橋珪一郎先生、でよろしいんですか？」

どうやら、首から提げたIDカードを見られたらしい。俺はちょっと気恥ずかしくて、今さら遅いのだがカードをひっくり返した。

「うん、そうだけど……。なんか似合わない名前だろ。昔からみんなに言われるんだ。名前は賢そうなのにねとか、実物とイメージが違うわね、とか」

確かに我ながら、珪一郎なんてガラじゃないと思う。

どうにか医者にはなれたものの、決して頭がずば抜けて切れるわけでも、要領がいいわけでもない。地道にこつこつやるのだけが取り柄だと、上司にも言われている。

見てくれだって、名前から連想される（らしい）インテリなそれではなく、どちらかといえばモデルっぽいとか芸能人っぽいとかよく言われる。清潔そうとかかっこいいとかいう意味ならそれなりに嬉しいが、たぶん違う。お気楽そうな顔をしていると、暗に言われているのだ。

でも、目の前の彼は笑うでもなく、首を傾げてこう言った。

「いい名前じゃないですか。珪岩の珪ですよね」

「けいがん？」

「珪岩ですよ。珪石とも言いますね。主成分は石英で、ガラスや陶磁器の原料になるんです」

「へ、へえ……」

「ガラスとか陶磁器って、なんとなく繊細で純粋で、それでいてどこか素朴な感じがするじゃないですか。そんな素晴らしいものたちの原料になる石の名が入っているなんて、とても素敵なお名前だと思いますよ」

「は……はあ」

「それに、そういうイメージは、あなたの雰囲気にもとてもよく合っていると思います」

「うわは……」

初対面の人間に、なんだか変な角度から褒めちぎられて、俺はすっかり面食らってしまう。

そんな俺の戸惑いに気づいたのか、彼は恥ずかしそうに頭を掻《か》いた。

「すみません。僕、石の類がわりと好きなんで、つい語ってしまって。ええと、あの、……ああ、しかも僕としたことが、飴を持ったままでした。税込み百五円です。お印でよろしいですか？」

「あ、う、うん」

俺も、持ったままだった財布からきっちり百五円を出して、差し出された彼の手のひらにのせた。

大きな手のひらだ……というのが、彼の手に対する俺の第一印象だった。

身長百七十三センチの俺は、べつにチビではないと思う。いわゆる標準的な身長というやつだ。

一方、彼のほうは、俺よりたぶん十センチくらいは背が高い。百八十センチを確実に超えているだろう。身長差がそのまま手の大きさにも反映されるとは思わないが、指の長い、器用そうな手をしている。

「はい、ちょうどですね。小銭が足らないので助かります」

引き替えに、彼は色つきのテープを貼《は》りつけた飴を、俺に手渡してくれた。

「ありがとう」

「こちらこそ、ありがとうございます。これからもご贔屓《ひいき》にしてくださいね、京橋先生」

「うん。俺、お菓子と雑誌がないと生きていけないから、ほぼ毎日来ると思う」

「楽しみにお待ちしてますよ」

店員の笑顔に見送られ、俺はのど飴を手に売店を出た。

どうやら、彼との会話がいい息抜きになったらしい。店に入る前にはあんなに感じていた疲労が、いつの間にか消えている。

普通なら、初対面であんなに喋られては、なれなれしい奴だと少し鬱陶《うっとう》しく思ったかもしれない。

けれど、彼に関しては、そんな嫌悪感はまったくなかった。むしろ、また会って世間話をするのが楽しみだったりする。

考えてみれば、友人たちには、いちいち電話するのが面倒で、メールで帰国の報告を済ませてしまった。だから日本に帰って以来、日本語で誰かと「長いお喋り」をしたのは、彼が初めてだ。

「……俺、自分で思うよりずっと、日本語に飢えてたかも……」

彼は商売だから愛想よくするのも仕事のうちだが、俺は百五円の飴一つでペラペラと喋りまくってきたわけで、どちらかというと俺のほうが鬱陶しい奴と言うべきだろう。

（しばらく、口の軽さには気をつけなきゃな。誰にでもベラベラ喋りかけてたら、うざい奴すぎる……）

そんなふうにひとり反省会を心の中で繰り広げつつ廊下を歩いていたら、三号館のエレベーターホールに差しかかったところで、何もない床面につまずいた。転びそうになるのを、かろうじて堪《こら》える。

「おわっ！　……とと、セーフ」

実を言うと俺は、子供の頃からよく転ぶ。考え事をしながら歩いていると十中八九転ぶので、踏み留《とど》まりと受け身に関しては、プロと言ってもいいくらい上達した。

学生時代、病院実習中に、あまりの転び癖に脳外科の先生に心配され、小脳の精密検査を受けさせられたほどだ。……幸い、検査結果は異常なしで、俺は「ウッカリ者」の烙印《らくいん》を押されただけだったのだが。

「や、やばかった」

今日も片足を前に出し、両腕を広げた見事な前傾姿勢でホッと胸を撫で下ろした瞬間、背後から声をかけられた。

「あれっ、もしかして、京橋……先生か？」

名前を呼ばれて振り返ると、そこにはワイシャツ・ネクタイの上に白衣を羽織り、首に聴診器を引っかけた男性が立っていた。

さらりとした髪は清潔に整えられ、フレームレスの眼鏡の奥の目は、切れ長で涼やか。まさに、「理系の男前」という言葉でイメージできるとおりの人物だ。

「あ！」

その姿を見て、俺は思わず言葉を失った。

その人こそ、さっき俺が会い損ねた消化器内科の医師、楢崎千里《ならさきちさと》先輩だったのだ。

「やっぱり。その見事なこけかけっぷりは、お前ならではだと思ったんだ」

先輩は買ったばかりらしきハードカバーの本を小脇《こわき》に抱え、呆《あき》れ顔で俺を見た。

楢崎先輩は、俺と同じK医大……つまりこの大学の卒業生で、俺より二学年上に在籍していた……らしい。

らしい、というのは、学生時代、俺は楢崎先輩のことをまったく知らなかったからだ。

もちろん、一学年の学生数は百人前後しかいないし、学内はキャンパスとも呼べないほど狭いので、何度もすれ違いはしているだろう。

病院実習でも、すでに医師になっていた先輩と、同じ部屋でカンファレンスに参加したはずだ。

それでも、特に先輩のことを意識することも、言葉を交わすこともなかった。

ところが、留学先のコロラド大学医学部での生活が始まってすぐの頃、俺は現地の上司に、ホームパーティで楢崎先輩と引き合わされた。

先輩も俺のことを知らなかったらしく(あとで、顔は見たことがあるような気がしないでもないと、俺と似たようなことを言っていた)、俺たちはそこで初めて、同じ大学出身、同じ病院勤務であることを知り、あっという間にうち解けた。

医学部というのはこぢんまりしているだけあって、よくも悪くも仲間意識が強い。同門であれば、それだけで仲よくなれたり、偉い先生とも気安く話せたりするくらいだ。

俺より四ヶ月前に渡米していた楢崎先輩は、初めての外国でオドオドしていた俺に、生活のことや仕事のこと、俺たちが暮らす街のことをなんでも教えてくれた。

休みの日には遊びに連れ出してくれたし、しょっちゅう食事に連れて行ってくれたし、アメリカ人の友達を俺に紹介してくれたりもした。

楢崎先輩がいなかったら、俺は右も左もわからず、コロラド大でもお客さん扱いのまま、途方に暮れていただろう。あるいは、ホームシックで日本に逃げ帰っていたかもしれない。

一緒に過ごしたのは半年余りだったが、楢崎先輩は、自分が帰国するまでに俺がひとりでちゃんと暮らせるようにと、まめに世話を焼いてくれた。俺にとっては、留学中の大恩人と言うべき人だ。

「なんだお前、帰ってきてたのか」

咎《とが》めるように言われて、俺は慌ててペコリと頭を下げた。

「昨日帰ってきて、今、医局に行って帰国の挨拶をしてきたばかりなんです。先輩のところにも行ったんですけど、回診中って言われて！　あのっ、それでまた後日って思って、俺。す、すみません！」

再会していきなり弁解というのもみっともないが、恩人に恩知らずだと誤解されるのはもっと嫌だ。

昔から思ったことがそのまんまどころか、三割くらい増幅されて顔に出ると言われている俺だ。きっと、驚きも焦りも十分すぎるほど見て取れたのだろう。

楢崎先輩は、いつものクールな仕草で眼鏡を押し上げ、同じ手で背後の小さな書店を指した。

「回診っていうか、ちょっと気になる患者の経過を見に行ってただけだ。そのあと、医局に戻らずに本屋に来ちまったから、お前と会い損ねたようだな」

「あ……そ、そうだったんですか」

「ああ。だからそんなに慌てなくていい。……ってお前、何持ってるんだ？」

眼光鋭く問われ、俺はずっと握ったままだった手の中の物を見せた。

「あ、これ。さっき売店で買ったんですよ。ハチミツ梅のど飴！」

そう言うと、楢崎先輩は、困った子供を見るような顔をした。

「そういやお前、アメリカにいた頃、しょっちゅう言ってたもんな。空気が乾燥しているから喉が痛い、それなのにハチミツ梅のど飴がどこにも売ってない！　って」

「そうそう、そうなんですよ。俺、ミント味の飴を舐《な》めると頭が痛くなるんで、ハチミツ梅のど飴じゃないと嫌なんですよね。それも、このメーカーのやつが最高で！」

久しぶりにお気に入りの飴に再会できた喜びをつい熱く語ってしまった俺に、楢崎先輩は片手で口元を覆い、失笑をごまかしながら頷いた。

「そうも言ってたな。……はは、なんだか懐かしいよ。少しも変わらないチロで安心した」

「ちょ……に、日本に帰ってきたら、その名前はやめてくださいよ～」

アメリカでのニックネームで呼ばれ、俺は頬《ほお》が熱くなるのを感じながら手を振った。

「なんで。京橋珪一郎、略してチロ。いいじゃないか。アメリカでも、みんな呼びやすくて便利だと喜んでいたぞ」

そう、俺のことを最初に「チロ」と呼び始めたのは、この楢崎先輩なのだ。

京橋珪一郎なんて長い名前の、よりにもよってどうしてその部分を抜き出したのか。

まるで犬の名前だ、どうせ愛称で呼ぶのなら珪一郎の頭の二文字『ケイ』でいいじゃないかと俺は言い張った。

だが楢崎先輩は、やけにきっぱりとこう宣言した。

『だって、お前はなんだか柴犬っぽいからな。犬みたいな名前がピッタリだ』

実際、アメリカでは……特にそのあだ名をつけられた留学したての頃は、俺は本当に先輩の飼い犬のようだった。

街中でも、大学でも、あるいは宿舎の中でさえ、俺はオドオドしながら先輩のあとをくっつき回っていた。

二十代も後半になり、もはや鳥の雛《ひな》というほど可愛《かわい》くはないので、柴犬扱いされたのだろう。

飼い主にも等しい楢崎先輩にそう言われては返す言葉もなく、俺は泣く泣くそのニックネームを受け入れた。

しかも楢崎先輩が、人前でも俺をチロと呼ぶようになったので、コロラド大の人々も、すぐにその名前に馴染んでしまった。

特に、イタリア系の人々には、チロ（正確にはチーロらしいが）というのはけっこう親しみ深い名前らしく、俺の本名はあっという間に忘れ去られ、帰国するその日まで、俺は「チロ」のままだった。

「呼びやすすぎるんですよ！　楢崎先輩のせいで、上司の三歳のお嬢さんまで、俺のことをチロ呼ばわりだったんですからね。どうしてくれるんですか、ったく」

俺が文句を言うと、楢崎先輩はますます可笑しそうに笑って、あっさりこう言った。

「人気者でよかったじゃないか。ま、俺の中で、お前が犬を脱却したと思ったら、そのときは望みどおりケイでもイチでもお前の好きな名前で呼んでやろう」

「うう……」

たった二歳違いとは思えないくらい、楢崎先輩はオトナだ。

学生時代から成績優秀だったらしいし、英語はペラペラだし、ルックスも端整で知的で、いかにも医者らしく見える。

俺が患者で、主治医に楢崎先輩と俺、どちらかを選べと言われたら、一秒も迷わず楢崎先輩を選ぶだろう。

そんな先輩に、柴犬を卒業して一人前の医者と認めてもらうには、まだまだ時間がかかりそうだ。

「うう……俺、先輩とべつの科だったのが、せめてもの幸いですよ」

「そうだな。お前が消化器内科の後輩だったら、たぶん定年までチロ呼ばわりになるだろうさ」

「ううう……」

「まあ、ぼちぼち頑張れよ。お前は、張り切るとすぐにテンパるから」

「は、はいっ」

「今度、ゆっくり飯でも食いに行こう。またメールする」

スマートに会話を切り上げて、楢崎先輩は踵《きびす》を返した。

真っすぐ伸びた背中に、キビキビとした足取り。一号館に続く長い廊下を歩いて行く先輩の後ろ姿を見送り、俺は溜《た》め息《いき》をついた。

「はあ……。いつか、あんなにかっこいい大人になれるのかな……」

いくら頑張っても、人にはできることとできないことがある。

憧《あこが》れ半分、諦《あきら》め半分の溜め息をついて、俺はちょうどやってきたエレベーターに乗り込み、帰途に就いた……。


そしていよいよ翌週から、俺は本格的に仕事に復帰した。

研修医期間を終え、正式に医局に所属して一年で留学することになったので、正直なところ、俺の臨床の腕はまだ素人《しろうと》同然だ。日々、先輩医師について、処置や手術の手技を勉強させてもらい、経験を積まなくてはならない。

きっちり一年分後れを取った同期に追いつくために、後輩に負けないように、そして一日も早く外来診療医表に名前を出してもらえるように、俺はがむしゃらに頑張るしかなかった。

幸い、春は初めて花粉症を発症した患者さんが多い。自分の専門分野が大繁盛なので、学ぶべきこともやるべきことも山ほどある。おまけに、アレルギー研究グループが作成している花粉情報ホームページの管理も任されたので、要領がよくない俺にとっては、手も頭もフル回転の毎日が続いていた。

そんな忙しい日々のささやかな息抜きは、やはり売店通いだった。

混んでいる時間帯を避けているせいもあるだろうが、例の眼鏡の店員は、いつも人懐っこい笑顔で俺を迎えてくれる。

世間話をしたり、店に新しく入荷した雑誌や商品の評判を聞いたりしていると、妙に気持ちが安らいだ。

普段、朝から晩まで仕事をして、帰宅後と休日は寝るだけという生活を送っているので、医療とまったく関係ない話ができるのは、正直彼だけだったのだ。

医局の美人秘書でもなく、一階花屋の可愛い女子大生バイトでもなく、はたまた学食のおばちゃんたちでもなく、眼鏡&エプロンの売店男が、いつしか俺の日々の癒《いや》しになっていた。

それから一ヶ月余り……。

ゴールデンウィークが明けて、ようやくヒノキ花粉症が下火になってきたある日のこと。

俺はいつもどおり、午後九時前に医局を出て、駅に向かった。

昼間はうっすら汗ばむほどの陽気だったのに、夜になるとまだ肌寒い。

駅付近にある大きな施設はK医大だけなので、夜になると通りの人通りもぐっと少なくなり、いつもながら物寂しい雰囲気だ。

ちょうど自動改札機を通ったところで、アナウンスが列車の接近を告げた。

「やば……！」

普通の駅なら、そこからダッシュすればたいてい間に合うはずのタイミングだが、この駅は、馬鹿にホームまでの距離が長い。

必死で走り、階段を駆け上がったが、うすうす予想していたとおり、俺の目の前で、列車はゆっくりとホームを離れて行った。

「くそっ！」

電車の中から、首尾よく乗り込んだ乗客たちが、俺に同情の眼差《まなざ》しを向けてくる。向かいのホームで電車を待つ人々も同じだ。

ギリギリで乗り損ねたのは俺だけらしく、このシチュエーションは悔しいというより、ひたすら恥ずかしい。俺はそうした視線から顔を背け、弾む息を必死で整えようとした。

地団駄を踏みたい気持ちをぐっと堪えて、べつに乗れなくても構わなかったんだというふうを装う。

ついでに、見たいものもないのに、あらぬ方向を向いてみる……と。

階段を上ってくるひとりの人物が目に留まった。ジーンズとワークシャツ姿の痩せぎすな青年で、歩きながら器用に分厚い本を読んでいる。

本にはカバーがかかっていてタイトルは見えないし、顔もやや俯《うつむ》き加減だったが、俺はすぐに、それが例の売店の店員であることに気がついた。

（そっか……。店じまいしてから、在庫のチェックとかあれこれしてると、こんな時間になっちまうんだな）

売店は六時でキッパリ閉まってしまうので、彼はもっと早く帰っているものと思っていたが、どうやら、売店勤務というのは相当なハードワークのようだ。

学外で会うのは初めてなので、俺はちょっとワクワクした気持ちで彼に歩み寄り、声をかけてみた。

「売店さん……あ……」

（し、しまった！）

彼に対する失言パート2だ。

実は、俺はいまだに彼の名前を知らず、俺の中で彼はいつも「売店さん」だった。

いつも狭い売店の中で顔を合わせるので、わざわざ呼びかけなくても話ができる。名前を訊《たず》ねるチャンスを逸したこともあるが、そもそも名前を知る必要もこれまで感じたことがなかったのだ。

「うう……ええっと……」

つい、心の中の呼び名が口に出てしまったが、そんないい加減な名前で呼ばれるのは、さぞ心外だろう。俺だって、自分が知り合いから「お医者さん」と呼びかけられたら、きっと変な気分になる。

案の定、本から顔を上げた彼は、キョトンとしていた。眼鏡の奥の、普段は柔和な切れ長の目が、まん丸に見開かれている。

「…………」

そんな顔のままじっと凝視され、俺は狼狽えつつも、ふと不安になってしまった。

(あれ、ま、まさか、人違いした……?)

確かに彼だと思ったが、外で見るのは初めてだ。それに、間違いないと断言できるほど、彼の顔をまじまじと見つめたこともない。おまけに彼はいつも笑顔なので、驚いた顔は見慣れていない。とにかく自信が持てないのだ。

「その、ええと俺、あの」

あまりにも長い沈黙に俺が不安になってきた頃、相手はようやく口を開き、ボソリとこう言った。

「本当だったんですねえ」

「……あ?」

彼は、ようやくいつもの笑顔になってこう言った。

「最初にお目にかかったときに、人の名前を覚えるのが苦手だとおっしゃってましたよね。なるほど、本当に僕の名前を覚えてくださっていないんだなと。あなたはとても正直な方なのだと痛感しました」

「あ……。いや、だって、それは」

「そうですよね。売店でわざわざ僕の名前を呼ばなくてはいけないようなシチュエーションはありませんから」

「う、あ、う、うん……」

「それに、名前を覚えてくださる必要はありませんと言ったのは、僕ですし。いいんですよ。お気になさらないでください」

あっさりそう言われて、俺は口ごもりつつももう一つ弁解を重ねた。

「そ、それはそうなんだけどさ。でも、あんた、ずるいんだもん」

「僕が？　何がです？」

「だってさ。あんたは俺の名前を、俺のＩＤカードを見て知ったろ？」

「ええ。京橋珪一郎先生。しっかり覚えてますよ。それが？」

「俺もそうしようと思ったのに、あんたいつも、エプロンの胸んとこの下に、ＩＤカード入れ込んじまってるから見えないんだよ！」

「あー……」

納得いった様子で、彼はポンと手を打ち、しかし不思議そうに首を傾げた。

「確かに。あれがブラブラしていると作業の邪魔なので、エプロンに突っ込んであるんです。でも、それならどうして僕に直接訊《き》いてくださらなかったんです?」

「だ、だってさ。いい年の男が、野郎相手にあらたまって名前を訊くの、恥ずかしいだろ」

「……それは、まあ」

「しかも、ほとんど毎日会って喋ってんのに、今さらそんなこと、できないよ」

「あはは、それもそうですね。……そして、今も、あらたまって訊くのは躊躇《ためら》われますか?」

俺は頭を掻いて頷いた。

「ん、ま、まあ。なんかこう、タイミングってもんがさ」

そう言うと、彼はフワリと笑った。馬鹿にするような笑いではなく、なんだかひどくはにかんだような笑みだった。

「はは、本当ですね。僕のほうも改めて名乗るのはなんだかとても照れくさいです。でも、いつまでも売店さんと呼ばれ続けるのも寂しいので、恥じらいに耐えて名乗りましょうか」

そう言って、彼は本当に恥ずかしそうに眼鏡をかけ直し、密《ひそ》やかな声で言った。

「僕は、茨木《いばらき》、というんです。トゲやイバラの茨に、樹木の木」

「へえ……。茨木さんってんだ。ちょっとかっこいい名前だよな。じゃ、下の名前は?」

彼は答えようとして、ふと躊躇い、悪戯《いたずら》っぽい口調で言った。

「それは秘密ということで」

「え？」

「下の名前は、あなたがなんとかして調べるというのはいかがです？」

「なんだよ、それ」

「今、僕がフルネームをお教えしても、たぶん、それは早晩あなたの記憶から抜け落ちてしまうでしょう？」

「そ……それはそう、かも」

「ですが、ご自分で苦労して知った名前なら、覚えていられそうな気がしませんか？」

「それもそう……かも、な」

いちいちごもっともで、それ以外に返す言葉がない。口ごもる俺に、彼……茨木は、極上の笑顔でこう言った。

「だから、僕の下の名前は、あなたが自力で調べてみてください。……あなたにそこまでしてくださる意思があれば、の話であって、強制なんかではもちろんありませんけど」

「あるある、意思はあるよ！」

俺は即答した。

何しろウィークデーはほぼ毎日会う人物だし、今やすっかりお馴染みだ。本人にそんなっもりはないだろうが、俺のほうは勝手に癒してもらっているのだから、名前くらい覚えるのは最低の礼儀だろう。

「嬉しいですね。では、頑張ってください」

　本当に嬉しそうな顔で、茨木はそう言った。念のため、俺は姑息《こそく》な質問をしてみる。

「病院の事務に行って、名簿を見るなんてことは……」

「そんなズルはなしでお願いします。あくまでも、実力で」

「やっぱりな。……よーし、なんとしても調べてやる。仕事中、背後に気をつけろよ」

「あはは、忍び寄って、IDカードを奪いますか？」

「そうそう。音もなく後ろに立ってな」

「それじゃまるで忍者ですよ、京橋先生。……ところで、その眼鏡は？　いつもはかけておられないのに」

　またしても不思議そうに問われて、俺はかけていたセルロイドの眼鏡を外してみせた。

「いつもはコンタクトなんだ。でも、夜になると目が疲れてくるから、それで眼鏡にするだけ。寝不足のときとかは、昼間っから眼鏡だぜ」

「近眼？」

「うん、近視と乱視。そういや、売店さ……違った、茨木さんは？」

「僕も近眼です。視力は、0.1ギリギリってところですかね」

「コンタクトにはしないのか？」

「したいんですが、ドライアイ気味なのでコンタクトはつらいんです。おかげで、小学生の頃からずっと眼鏡で」

「ああ、なるほどな。……あ、電車、来た」

闇《やみ》の中から、電車のヘッドライトが緩いカーブを曲がって近づいてくる。

俺たちは、揃って普通電車に乗り込んだ。

車両は空いていて、俺たちは並んで座席に座り、ゆったりと話の続きをすることができた。

「……へえ、じゃあ、住んでるとこ、二駅しか違わないんだな」

「そうですね。僕のほうが少し遠いですが、かかる時間は十五分ほどしか違わないと思います。……それにしても、帰りはいつも、このくらいの時間なんですか？」

「んー、まあ、そうかな。たまに早く帰る日もあるけど」

俺がそう言うと、茨木は荒れた両手を擦《こす》り合わせながら、労《いたわ》るような口調で言った。

「やっぱりお医者さんは大変ですねえ。朝も早いんでしょうに」

俺も、硝酸銀でうっかり褐色のシミをつけてしまった自分の手のひらを見ながら答える。

「や、早いっても、外科とかよりは全然遅いし。あいつら、朝の七時半から平気でカンファレンスをやったりするからな」

「そ……それはすごい」

「それに、うちは緊急オペもそんなに多くないから、ホントはもっと早く帰れるんだ。ただ、俺、花粉症が研究テーマだから、仕事が終わってから、あれこれ症例を整理したり文献読んだりしてて……」

「なるほど、お勉強ですか。花粉症といえば、春が盛りですもんね」

「うん。ていうかまあ、一年じゅう、いつだって何かの花粉は飛んでるんだけど。でもやっぱ、多いのは春から夏にかけてだな」

「そういうものですか。……ところで京橋先生は、ご家族は？　つまり、結婚してらっしゃるのかどうかってことですが」

いきなりのプライベートな質問に、俺は面食らいつつもかぶりを振った。

「いや……独身だけど」

「ひとり暮らし？」

「うん」

それを聞いた茨木は、ごくさりげない調子でこう言った。

「だったら、お誘いしてもいいでしょうか」

「何に？」

「帰り道、どこかで夕食をご一緒しませんか？　僕もひとり暮らしなもので、食事はいつもひとりなんですが……どうにも味気なくて。もし、よろしければ」

彼は軽く首を傾げ、俺の返事を待っている。

そういえば、彼もひとり暮らしだと、初対面のときに言っていた。俺は面倒なのであまり自炊はしないほうだが、彼もそうなのかもしれない。

どうせ、どこかで弁当でも買って帰ろうと思っていたので、俺は二つ返事で承知した。

「うん、いいぜ。どこ行く？」

「そうですねえ。ご希望は？」

俺はちょっと考えて答えた。

「うーん。べつにないな。あんまり気取ってない店なら、どこでもいいや」

「そうですか？　じゃあ、僕のよく行く店にお連れしましょうか。あまり綺麗《きれい》じゃありませんけど、料理は旨《うま》いんですよ」

「お、いいな。じゃあ、そこ行こう」

なんだか奇妙な成り行きだが、彼と話すのは楽しいし、職場の外ならなおさら気楽だ。誰かと食事をするのも、テレビ相手のひとり飯よりずっといい。俺は喜んで、彼の誘いを受けた。

彼が連れて行ってくれたのは、俺の住むマンションから一駅手前で降りて、十分ほど歩いたところにある小さな居酒屋だった。

確かに建物には年季が入っていて、お世辞にも綺麗とは言えないが、仕事帰りのサラリーマンでごった返す店内は活気があって居心地がいい。定食屋と大衆酒場を足して二で割ったような雰囲気の店だ。

小上がりに落ち着いた俺たちは、とりあえず、ビールで乾杯した。

「まあとにかく、お疲れ」

「先生も。こんな店、お医者さんは来られないでしょう。大丈夫ですか？」

カウンターの向こうで賑やかに常連客と喋っている女将《おかみ》には聞こえないように、茨木は軽く身を乗り出して訊ねてきた。

俺は突き出しのワケギのぬたを口に運びながら、首を横に振る。

「なんで。俺、こういう店大好きだよ。教授のお供で料亭とかフレンチとか連れて行かれるよか、全然いい。……あ、これ旨いな。貝が入ってる」

「青柳ですね。春らしい味だ。……さて、何を食べましょうか」

「うーん。おすすめは？」

「そうですね。ここはメニューにないものでも適当に作ってくれるので……。葱《ねぎ》入りの卵焼きとか、天麩羅《てんぷら》盛り合わせとか。ああ、ほうれん草の胡麻《ごま》あえや、マグロの山かけもいけます」

「旨そ。どれも好きだな」

「そうですか？　じゃあ、そのあたりを適当に頼んできますね。ほかにも追加したいものがあったら、選んでおいてください。そこに注文票がありますから、書いていただければ」

そう言って茨木は席を立ち、靴を引っかけてカウンターに歩み寄った。

本当に行きつけの店らしく、店員とにこやかに話している。

まったく、誰に対しても笑顔を絶やさない男だと感心せずにはいられない。

午前の外来診療が終わるのは早くても午後一時過ぎだから、俺が売店に行くのはいつも、昼の大混雑がどうにか片づいた頃だ。

きっと疲れているはずなのに、茨木はそんな素振りを見せたことは一度もない。いつだって、気持ちのいい笑顔で迎えてくれる。

「俺なんか、外来の終わりのほう、くたびれてすっごい無愛想な顔になっちまうのに」

医者もある意味サービス業だから、茨木の接客態度を見習わなくてはいけないと思う。

そもそも病院には、どこか具合の悪い人が来るのだ。それなのに、医者が疲れた顔や不機嫌な顔をしていたら、きっと不安になるに違いない。

「そうだよな。そろそろ、そういうこともちゃんと配慮できるようにならなきゃいけないんだよな」

深く反省しつつ、俺は、茨木が机の上に置いていった手書きのメニューを引き寄せた。

マジックでごりごりと書かれた料理名はどれも、一般家庭のお母さんが作るような素朴なものばかりだ。

わけあって俺はそういう家庭料理にはあまり縁がないので、豚の生姜《しょうが》焼きやら炒《い》り豆腐やらといったメニューを見ていると、やけにワクワクした気分になってくる。

「うーん、どれ見ても旨そうだなあ。どれ食おうかな……」

俺は反古紙を束ねただけの注文票を引き寄せ、心惹《ひ》かれる料理名を手当たり次第に書いていった……。


「京橋先生は、どうして医者になろうと？」

大きな肉じゃがコロッケをきっちり二等分しながら、茨木はそんなことを訊ねてきた。

どうやら相当面倒見がいいというか几帳面《きちょうめん》な性格らしく、さっきから料理はすべて、茨木が取り分けてくれている。

俺はまるで子供のように、皿に入れられる料理を平らげるだけでいいので楽なものだった。

「俺さ、母親が医者だったらしくて」

「……らしくて？」

「俺を産んですぐ、死んじゃったんだよ。産後鬱ってやつ。当時住んでたマンションのベランダから飛び降りてさ」

「あ……す、すみません。迂闊《うかつ》なことをお訊きしてしまって」

茨木はいきなり正座に座り直すと、深々と頭を下げた。俺はかえって困ってしまって片手を振った。

「や、べつにいいんだって。昔のことだし、俺、赤ん坊だったから母親のことは何も覚えてないしさ。べつに悲惨な話とか、つらい昔話とかじゃないから気にしないでくれよ」

それを聞いて、ほんの少しホッとした様子で茨木は顔を上げた。

「本当ですか？　でも、すみません。立ち入ったことを……」

「ホントにいいんだ。母親がいなくても、父親が一生懸命育ててくれた。べつに俺、可哀相《かわいそう》な子とかじゃ全然ないんだから」

「お父さんはなんのお仕事を？」

「長距離トラックの運転手。母親とは高校時代の同級生で、駆け落ち同然で結婚したんだ。……ほら、言いたかないけど、医者とトラック運転手じゃ、さ。両方の親に猛反対されて、どうしようもなかったらしいよ」

「……ああ……」

茨木は、曖昧《あいまい》な頷き方をする。

「そんなわけだから、俺が生まれても、祖父母とは断絶状態のままで。父親は、誰の助けも借りられない中、ひとりで俺を育ててくれたんだ」

「でも、長距離トラックの運転手では、毎日家にいるというわけにはいかなかったでしょう」

「うん。だから俺、筋金入りの鍵《かぎ》っ子だった。でも、家にいるときはいつも、俺のことを可愛がってくれたよ。父親が俺のために苦労してんのわかってたから、俺、高校出たら働くつもりだった。けど……」

「けど?」

「父親は、母親みたいにちゃんと大学に行って、希望の仕事に就けるように頑張れって言ってくれた。……たぶん、父親は……」

誓って言うが、俺は身の上話なんて、そんなウエットなものは大嫌いだ。

確かに境遇はちょっと変わっているかもしれないが、特殊な育ち方をした覚えはこれっぽっちもない。だから、過去を語って同情されるのは真っ平ごめんだし、そんなことをする必要も感じたことがない。

だから、いつもなら親しい友人にもこんな話はしないはずなのに、俺はなぜか生まれて初めて……そしてとても自然に、自分の生い立ちを茨木に語っていた。

あるいは、居酒屋に立ち込める安い煙草《たばこ》の匂《にお》いが、父の服に染みついていた匂いを思い出させたからかもしれない。

「父親は、母親に罪の意識があったんじゃないかって思うんだ。自分と結婚したせいで、医者のキャリアを棒に振らせた……その上、自分が仕事で家を空けてる間に、自殺させちまったって」

「………」

「でもそれを言うなら、俺だって同じなんだよ。母親が鬱になったのも、自殺したのも、元はといえば俺を産んだせいなんだから」

「京橋先生、それは」

「そりゃ、赤ん坊だった俺にはなんの罪もないって、よくわかってる。けどさ、やっぱ、母親のことはいつも心のどっかに引っかかってた」

茨木は、正座のままでじっと俺の話を聞いてくれている。少し困った顔をしてはいたが、茶色い穏やかな目は、じっと俺を見つめてくれている。

その瞳《ひとみ》に促されるように、俺は話を続けた。

「だけど、父親はよく言ってくれてたんだ。お母さんからもらった命なんだから、お母さんの分まで目いっぱい生きなきゃ、ってさ」

「……あの、京橋先生」

「ん、何？」

俺のグラスにビールを注《つ》ぎながら、茨木は低い声で訊ねてきた。

「さっきから、お父さんのことも過去形で話しておられますが、もしかして」

「ああ、うん。父親も、俺が高二の春に死んだんだ。荷物を運ぶ途中、高速道路のサービスエリアで仮眠をとって、そのまま死んじまった。死因は、不整脈だろうって聞かされたよ」

「それは……」

「きついスケジュールで仕事してたから。俺は今でも、父親は過労死だと思ってる。けど、健康診断で心臓が要検査になってたのをずっと無視してたらしくて……そのせいで、認定はしてもらえなかった。……ああ、ごめん。鬱陶しい話をしちまって。こんな話、聞かされても嫌だよな」

茨木は労るように小さく微笑《ほほえ》んで、かぶりを振った。

「いいえ。ちっとも嫌ではありませんよ。京橋先生こそお嫌でなければ、続けてください」

彼がそう言ってくれたので、俺は注がれたビールを飲み、また口を開いた。

「母親は俺を産んだせいで死んで、父親は俺を育てるために働きまくって死んだ。……責任感じて、きつかった時期もあったよ。でも、俺にへこんでほしいなんて、俺の両親はたぶん思ってない。そんなふうに落ち込んでる暇があったら、両親が出会ってよかった、結婚してよかった、俺を産んでよかった、育ててよかった……そう思ってもらえるように頑張ろうって、あるときふっと思ったんだ」

「ご自分を否定することは、ご両親を否定することになってしまう……ということでしょうか」

「うん、そんな感じ。だって俺は、両親が遺した唯一の財産だからな！　しっかり生きて、できるだけ立派な財産になろうって思うんだ。俺のためにも、両親のためにも」

「それで、お医者さんを志したんですか」

「うん。そこからすっごく頑張って、担任には絶対無理だって言われたけど、奨学生としてうちの大学になんとか入った。医者になろうと思ったのは……綺麗事みたいだけど、母親が医者として助けるはずだった人たちを、俺が代わりに……って思って」

茨木は深く頷いてくれた。

「ええ。とても素敵な動機だと思いますよ」

「でもまだ医者としちゃ半人前以下だから、人を助けるどころじゃないんだけどな。どっちかっていうと、失敗して上司に怒られてるところを、患者さんにフォローしてもらったりしてる」

真面目《まじめ》に話してしまった照れ隠しのつもりで、俺はそんなふうにおどけて話を締め括《くく》ろうとした。

だが茨木は、やはり正座のまま、少し躊躇ってからこう言った。

「それも人徳ですよ。……ええと、あの……。これは同情とか哀れみとか、そんなものじゃないと前置きして。僕がそうしたいから、思い切ってしようと思うんですが……よろしいでしょうか」

「へ？ よろしいでしょうかって、何するか聞いてないのに、いいも悪いも……」

「前もって言うと、拒否された上に怒られそうな気がするんです。どうせなら実行してから怒られるほうがいいので、やりますね」

何か大きなことを決意したような顔をして、茨木はひとつ大きな息を吐いた。

「いやあの、待てよ。な、なんだよ、あらたまって……」

「では、失礼」

身構える俺に向かって、茨木はいきなりテーブル越しにすごい勢いで手を伸ばしてきた。

「わっ」

何をされるのかと、俺は思わず目をつぶり、身を固くする。

だが……。

視界を閉ざした俺が感じたのは、頭にふわりと置かれた手だった。

「……え……」

温かな、大きな手が、ぎこちなく頭を撫でる。茨木の、静かな声が聞こえた。

「僕なんかじゃご両親の代わりには到底なれませんけど、でも、きっと今ご両親がここにおられたら、こうなさるんじゃないかと思うんです。……よく頑張った、お前が誇らしいって」

「……茨木さん……」

父親が死んでから、誰かに頭を撫でられるなんて、初めてだった。いや、中学に上がった頃からは、父親にだって、そんなことをされた記憶はない。

いつもなら、子供扱いはやめろと怒っただろう。でも俺は驚きすぎていて、目を開けて茨木を見るのが精いっぱいだった。

「どうしてこんなぶしつけなことをしたくて我慢できないのか、我ながらわからないんですけど……でも、どうしてもこうせずにはいられませんでした」

茨木は眉毛《まゆげ》をハの字にした情けない笑顔で、でもとても優しい目をして、俺の頭を撫で続けた。

「もしかしたら、ご両親が僕の身体《からだ》を使って、あなたに気持ちを伝えているのかもしれませんね。……そうだとしたら、僕はとても光栄です」

そんな言葉とともに、茨木の手がそっと俺の頭から離れていく。

その手は、俺の記憶の中の父親のがっしりした手とは全然違っていたけれど、でも不思議なほど俺を温かい気持ちにしてくれた。

まだ、やめないでほしい。そう思ってしまうほどに。

「あ……」

だが、そんなことを望むのは、どう考えてもおかしい。俺はもう子供ではなく、仕事を持ったいい年の男なのだから。

無意識に彼の手を引き留めようとした俺の手は、行き場をなくして虚空を力なく摑《つか》み、そ

もずく
180

のまま膝《ひざ》に落ちた。

手を引っ込めた茨木は、心配そうに俺の顔を覗《のぞ》き込んだ。

「あの、やはりお気を悪くなさいましたか？　すみません」

「あ、ううん」

ぼんやりしていた俺は、慌ててかぶりを振った。

「そ、そんなことない。何か、変だけど……変だけど、ちょっと嬉しかった……かも」

「本当ですか？　いやあ、よかった。僕も、こんな衝動にかられたのは初めてなので、どうしようかとずいぶん迷ったんですが……思い切ってよかった」

本当によかった、と茨木は心から安堵《あんど》した様子で満面の笑みを浮かべる。まるで、一大事業を成し遂げたみたいな、晴れやかな顔だ。

「う……え、えっと……」

照れくさいやら決まり悪いやらですっかりオタオタしてしまった俺は、ここはひとつ、強引に話題を切り替えることにした。

「その……そ、そうだっ、茨木さんは？　なんで売店の店員なんかやってんの？　あ、いや、なんかなんて言っちゃ駄目だよな、どんな仕事だって、大事な仕事だ。でも……」

「でも、あまり若者のするような仕事じゃありませんよね。おっしゃることはわかります。……そうですね」

茨木は言葉を選びながら言った。

「確かに僕は、最初から売店の店員になりたかったわけじゃありません。でも、ある理由から前の仕事を辞めざるを得なくなって……。今の職場に落ち着いたのは、成り行きでした。それも、あなたの言う『おばちゃん』のお手伝いのつもりだったので、まさか自分が店を切り盛りするはめになるとは思いませんでしたしね」

「そう……だったんだ」

根掘り葉掘り詳しい事情を聞き出すのは躊躇われて、俺は我ながらぼんやりした返事をする。茨木は、淡々と先を続けた。

「でも、結果オーライだったのは幸運でした。今の仕事、僕はとても気に入ってるんです。先生もですけど、いろんな人とお話しできるのは楽しいし、それに……。ああ、料理が冷めてしまいます。食べながらで」

「あ、うん」

促され、俺はコロッケを頬張った。いかにも残った肉じゃがを新しいジャガイモに混ぜて丸めたような、懐かしい味がした。

「それに、売店って、たいていのお客さんは、不可欠ではないけれど心を満たすものを買いに来てくださるでしょう。雑誌でもお菓子でもお弁当でも、あるいは雑貨でも」

「ああ、うん。俺なんかモロにそう。正直、売店に行ってから、今日は何を買おうかなって考え始めることもある」

「あはは、そう言っていただけると嬉しいですよ。そういう、ささやかでも人を楽しい気持ちにできる仕事というのは、素敵だと思いませんか？」

「思うよ。人を不愉快にするのが仕事の奴だって、世の中にはいるんだし」

「ええ。特に入院中の患者さんにとっては、売店が、外の世界との唯一の接点だったりするんですよね。そう思うと、とてもやり甲斐《がい》のある仕事だと思うんです」

「そっか……。ホントにそうだな。入院患者にとっては、売店に行くのが、俺たちが街に買い物に出るのと同じくらいの楽しみなんだもんな」

「ええ。だから……とても小さな店ですけど、僕は愛着を持ってます。もちろん、大変なことはありますが、それ以上に楽しいですよ。僕は、幸せ者です」

本当に楽しそうな顔で、茨木はそう言った。

あとで思い返せば、そのときの彼の口調は、自分に言い聞かせるような響きを帯びていたような気がする。

だが、当時の俺は、彼についてほとんど何も知らず……ごく単純に、彼のことを迷いのないとても幸せな人だ、と思っていた……。

会計のとき、俺は、自分が払おうと伝票に手を伸ばした。だが一瞬早く、茨木の手が伝票をかっさらっていた。

「今日は、僕が持ちますよ」

「いや、いいよ。俺払うって。あ、もし奢《おご》られるのが嫌だったら、せめて割り勘で！」

だが茨木は、ニッコリ笑って俺の申し出を却下した。

「いいえ、この店にお連れしたのは僕ですから、今日は僕が」

「けど……」

俺は渋った。きっと年だって俺が上だし、いくら下っ端でも、俺のほうが少しは稼ぎがいいはずだ。

だが茨木は、きっぱりとこう言った。

「もしご不満なら、次のとき、あなたのお勧めの店で、あなたの奢りで。そういうことでいかがです？」

「そういうことなら。じゃ、近いうちに必ず、仕事終わりに待ち合わせて、飯食いに行こうぜ」

「はい、喜んで。では、今日は謹んでご馳走《ちそう》させていただきますね」

まるで俺に食事を奢ることが何かのご褒美でもあるかのように、極上の笑みでそう言って、茨木はレジへと向かった。

その痩せた背中を見ながら、俺はほどよく酔いが回って鈍くなった頭で、お返しに連れて行くのはどんな店にしようか……とぼんやり考えていた。

＊　　＊

その夜はほろ酔いで帰り、機嫌よく眠りについた俺だが、翌朝、目覚めた瞬間に、凄《すさ》まじい自己嫌悪がやってきた。

「うわああ……」

なんだって俺は。

なんだって俺は、友人になったばかりの茨木相手に、あんなディープな話をしてしまったのか。

茨木は親切だし、穏和だから、嫌な顔もせずに話を聞いてくれたし、頭も撫でてくれ……。

「わああああああああ」

ああもう、昨日の俺を目の前に立たせて、しっかりしろと張り倒したい。

しかも、なんだって俺は、いくら癒し系といっても年下の男に、おとなしく頭を撫でられていたりしたのだろう。

もし周囲の客に見られていたら、俺たちはいったいどんな関係だと思われたことか。

（しかも……しかも、嬉しいとか口走った記憶もある……）

「ぐああ、もう、俺のバカヤロウ……！」

思わずパジャマのままで頭を抱えてしゃがみ込みつつ、俺は、とにかく今日、できるだけ早く売店に行って、茨木に会おうと心を決めた。

せっかく食事に誘ってくれたのに、あんな話をして不愉快な思いをさせてしまい、挙げ句会計まで持たせてしまったのだ。ここはとにかく謝って、早いうちに埋め合わせの予定を立てよう。俺はそう思った。

ところが、そんな日に限って、外来が鬼のように忙しい。

耳鼻咽喉科の外来は基本的に予約制なので、ありえないほど患者が溢《あふ》れるということはない、はずなのだが。

その日はなぜか、初診で飛び込み、しかもかなり処置に手間のかかる患者が列を成し、昼休みをとる余裕もなく午後の外来が始まってしまった。

おかげで、昼飯も食えないまま働き続けるはめになり、外来から解放されたときにはもう、午後四時を過ぎていた。

「うはあ……っ、疲れた……」

さすがにヨロヨロになって、それでも俺は医局に戻らず、そのまま売店へと向かった。

気後れしつつ、狭い入り口から店内に入ると、レジには誰もいなかった。

「あれ？」

いくら牧歌的な売店だといっても、店内が無人ではあまりにも無防備すぎる。ちょっと焦って店内を見回すと、茨木は棚の前に腕組みして突っ立っていた。

頭が、ゆっくりと左右に揺れている。

どうやら、ほとんど空っぽになった弁当の陳列棚を眺めて、何やら考え事をしているようだ。

邪魔をしては悪いと思いつつも、俺は思い切って声をかけてみた。

「えーと、あの」

「……ああ、京橋先生」

俺の声に振り返った茨木は、いつもの屈託のない笑顔を俺に向けてくれた。

俺はすかさず、昨日のことを詫《わ》びようとした。

「あの、昨日は……」

「すみませんでした」

「ごめんっ！」

なぜか二人同時に……俺だけではなく茨木まで謝罪の言葉を発して、俺たちは互いに面食らって絶句した。

先に口を開いたのは、茨木のほうだった。

「あの……先生は、いったい何を謝っておられるんです？」

「や、だって俺、昨夜、せっかく楽しく飯を食おうと思って誘ってくれたのに、辛気くさい話なんかして、嫌な思いさせちゃったから」

「そんなことは……」

「茨木さんこそ、なんで謝ってんの？」

茨木は決まり悪そうに、左手を軽く挙げた。昨夜、俺の頭を撫でてくれた手だ。それに気づくと、恥じらいで鼓動が速くなった。

「僕は、調子に乗ってあなたの頭を撫でたことをお詫びしようと。すみません、いくらなんでも先生に対して失礼でした」

「あ、いや、それはいいんだ！　俺が変な話したせいで、慰めようと思ってくれたんだろ？」

「いえ、あの、僕はそんなつもりでは」

茨木は上げた左手を振ってみせる。その手のひらを見ていると、自分でも不思議なほど恥ずかしさが増してきて、頬が熱くなる。

男に触られて何をここまで恥じらうことがあるのだと我ながら不可解だが、もう、どうしようもなくドキドキするのだから仕方がない。

「い、いいから！　ホントごめん。次は、必ず埋め合わせをするからさ。……で、何考えてたわけ？」

これ以上この話を引きずられてはいたたまれないので、俺は慌てて話題を変えた。

やや訝《いぶか》しげな顔つきをしながらも、茨木は目の前の陳列棚を指さして言った。

「昨夜の話にも関係があるんですが……いつもここに、お弁当を並べて売ってるんですよ」

「うん、知ってる。俺が来る頃には、ほとんど残ってないけど」

「先生はお越しになるのが遅いですからね。基本的に仕入れ先は店長の指示どおりにしているので、お弁当は、専門業者の作るものを数種類入れているんですが……」

「うん。コンビニ弁当みたいなやつだろ？」

「そうなんです。たまに、入院患者さんも、病院食が味気ないとか飽きたとかおっしゃって、お弁当を買って行かれるんですよ。でも、そうしたお弁当では、あまり心が満たされないのではないかと思いまして。お世話になっておいて商品にケチをつけるわけじゃありませんが、どうしてもああいうお弁当は、いかにも大量生産って感じがしませんか？」

「あー……。確かに。どっかこう、ケミカルだよな。俺だって、コンビニ弁当が続くと、どことなく気持ちが荒《すさ》んでくるもん」

「そうなんですよ」

茨木は、珍しく真剣な顔で言葉を継いだ。

「そういう方々に、手作りのもっと美味《おい》しいお弁当を提供できたら……と、先生が来られたとき、考えていたんです」

「なるほどなあ。確かに、入院患者さんだけじゃなく、下宿暮らしの学生にも、手作り弁当だったら喜ばれそうだよな。昨夜あんたが言ってた、お客さんを幸せな気持ちにできる品物っていうか」

「ええ、おっしゃるとおり。そういうお弁当を仕入れたいなと思うんですが、僕はご存じのとおり、この手のことには素人ですから、どこにどういう手段でお願いすればいいのだろうと」

「あー……」

「それで途方に暮れていたんですよ。何かいいアイデアはありませんか?」

「うーん、そうだなあ」

昨夜の罪滅ぼしというわけではないが、せっかく茨木がお客さんたちのために店をよりよくしようと思っているのだ。俺だって、利用者のひとりとして協力したい。

俺もさっきの茨木のように腕組みしてしばらく考え、そしてふと思いついたことを言ってみた。

「あのさ、病院からちょっと歩くけど、『まんぷく亭』っていう定食屋があるの、知ってるか? 安くて旨いから、けっこう学生に人気があるんだけど」

「ああ、僕も一度だけ看護師さんに勧められて行ったことがありますよ。日替わり定食がすごいボリュームで、倒れるかと思いました」

「そうそう。超大盛りなんだよな。あそこで飯食うと、午後から眠くて死にそうになる。あの店、病院関係者がお得意さんだから、頼んだら弁当作ってくれるかもだぜ」

「なるほど。そうか、お弁当屋さんではなく、定食屋さんにお願いするという手がありましたね」

茨木が感心したようにポンと手を打ったそのとき、背後から聞き慣れた声がした。

「またハチミツ梅のど飴か、チロ」

振り向かなくても、声の主が誰かは明らかだ。俺をこの病院でチロ呼ばわりするのは、今のところひとりだけなのだから。

「意地でも俺をチロって呼び続けるつもりですね、先輩」

振り向くと、やはり楢崎先輩がいつもの涼しい顔で立っていた。

「まあな。ほかの呼び名は今のところありえない。……で、ハチミツ梅のど飴か？」

からかい口調で同じ問いを繰り返されて、俺は軽くムッとしつつ言い返した。

「違いますって。今、『まんぷく亭』の話をしてたんです」

俺がそう言うと、楢崎先輩はなぜかものすごく微妙な顔つきになった。

「まんぷく亭……？」

「はい。茨木さんが、手作り弁当を置きたいって言うから、じゃあ『まんぷく亭』に頼んでみたらって。先輩も学生時代、あそこにはお世話になったで……あれ？　どうかしたんですか？」

「あ、い、いや。なんでもない。……というか、茨木ってのは誰だ」

楢崎先輩は、やっぱりどこかいつもと違う顔つきと、珍しくつんのめるような口調で話を逸《そ》らした。

「？」

俺がそれについて追及する前に、茨木はいつものように愛想よく楢崎先輩に頭を下げた。

「茨木は僕です。ええと京橋先生、こちらは……」

催促されて、俺は慌てて楢崎先輩を茨木に紹介した。

「ほら、昨日話しただろ。アメリカに留学中、すっごくお世話になった先輩。消化器内科の楢崎先生」

「ああ、なるほど。……それで、チロというのは……？」

「そそそ、それはっ」

俺は慌ててごまかそうとしたが、楢崎先輩はあっさりとネタをバラしてしまった。

「こいつの名前だ。京橋珪一郎だから、略してチロ」

「それはまた……なかなか斬新《ざんしん》なところを略しましたね」

「似合うだろう。俺がつけたんだ。アメリカで大好評だったから、こっちでも定着させようと思ってな。積極的にそう呼ぶことにしている」

「ちょ……！　そんな悪だくみをしてたんですかっ」

「うむ。名づけ親としては、せっかくつけた名前が闇に葬られるのを黙って見ているわけにはいかないからな。というわけだから、茨木君。君もこいつのことはチロと呼ぶといい」

「何言ってるんですか、先輩っ」

　オタオタする俺をよそに、茨木はこれまた奇妙な表情を浮かべて「うーん」と唸《うな》った。

「たいへんお似合いの可愛らしい名前だと思いますよ。というより、京橋先生をそんなふうに呼べるのは羨ましいですねえ。さすがに僕は、立場上ちょっと憚《はばか》られますし。うーん、羨ましい」

「う、う、羨ましいって……」

「羨ましいですよ。たいへん親密な感じがするじゃないですか。いいなあ」

　狼狽《ろうばい》しまくる俺に、茨木は正面切ってそんなことを言う。その屈託のない笑顔とまるで口説かれているような台詞《せりふ》に、俺はさっきと同じくらい頬が火照るのを感じた。

（ちょっと待て！　男相手にときめいてどうするんだ俺。冷静に、冷静になれ……！）

　必死で自分を落ち着かせようとするのに、楢崎先輩は澄ました顔でこんなことを言い放った。

「羨ましいだろう。可愛い後輩だからな。臆面《おくめん》もなく可愛がることにしている」

「羨ましいです。非常に羨ましいです」

茨木も茨木だ。さっき弁当のことで思い悩んでいたときより大真面目な面持ちで、何度も頷いている。

（な、なんなんだよ、いったい。二人がかりで俺をいじって、何が楽しいんだ、まったく）

俺はもう、頬どころか頭から火を噴きそうになって、二人の間に割って入った。

「二人して何をいつまでも馬鹿なことを！　ああもう、先輩、とっとと買い物して出ますよッ。何買うんですか！」

「……小腹が空いたから、おにぎりでもと思ったんだが……」

「俺もですっ。じゃあ、ほらこれ、どうせ梅と鮭《さけ》しか残ってませんから。茨木さん、会計！」

「はい、ただいま」

どう見ても笑いを堪えている顔で、茨木は口を押さえながらレジに向かう。

「何を慌ててるんだ、チロ」

「なんでもありませんっ。はい、これ先輩の分のおにぎりですよ！」

人をさんざんからかっておいてとぼける楢崎先輩におにぎりを二つ無理やり持たせ、背中を押してレジに向かわせながら、俺はむかつきついでに、帰国してからずっと遠慮して言わずにいたおねだりを口にしてみた。

「だいたい先輩、可愛い後輩とか言うわりに、アメリカでした約束を全然果たしてくれないじゃないですか」

「ああ？　約束？　……いくらだ」

「おにぎり二つで二百四十円です」

「ふん。……約束なんかしたか？」

楢崎先輩は、財布から小銭を選びつつ、気のない返事をする。

「しましたよ！　せっかく同じマンションに住んでるんだから、帰国したら一度俺の部屋に遊びに来いって、先輩言ってたじゃないですか。いいワインがあるから飲ませてやるって」

「……ああ……。言ったかな、そんなことを」

代金を払いながら、楢崎先輩はちょっと気まずげにしらばっくれようとする。

「言いましたよ！　確かに約束しました。さあ、いつ呼んでくれるんですか？」

さっき虐《いじ》められた腹いせに、俺はしつこく食い下がった。すると、先輩は予想外に困惑した様子で眉をひそめ、こう言った。

「あー……と、すまん。今は無理だ。いや、おそらく当分無理だ」

「そんなに仕事が忙しいんですか？」

「いや、そうじゃないんだが……」

「あ！　もしかして、俺を呼ぶのが嫌なんですか？　実は俺のこと、けっこうウザイと思ってたりとか」

「馬鹿、そうじゃない。どうでもいい後輩を虐めて遊ぶ趣味はないんだ。……そうじゃないが……まあ、なんだ。ちょっと家の中が取り込んでてな」

「取り込んでる？　先輩、ひとり暮らしって言ってませんでしたっけ」

「そうだっ……あ、いや、そうなんだが、とにかく駄目なんだ！　呼べるようになったらちゃんと呼んでやるから、そうせっつくな。ほら、お前もとっとと金を払えよ」

「……はあ」

今度は、俺が急《せ》かされる番になってしまった。俺は仕方なく茨木に代金を払い、挨拶をして、先輩と一緒に売店を出た。

と、渡り廊下を三歩歩いたところで、楢崎先輩はピタリと足を止めた。

「先輩？」

「あー……うーと、だな。売店でもう一つ買うものがあったのを思い出した」

「え？」

「お前は先に医局に戻れよ。下っ端のくせに、いつまでも油を売ってるんじゃない。じゃあな！」

うちの教授顔負けの早口でそう言って、楢崎先輩は俺の肩をポンと叩き、そのまま売店に引き返してしまった。

怪しい。

どう考えても怪しい。

いつも冷静な楢崎先輩が、さっきから妙にバタバタしている。

買い忘れなんて嘘《うそ》で、実は茨木に用があるのではないだろうか。

（って、茨木さんには今会ったばっかりなのに、なんの用があるってんだよ）

猛烈に気になる。

だが、さっきの楢崎先輩の態度から考えるに、一緒に引き返したりしたら本気で怒られそうだ。

「ま、まさか、本気で俺の名前はチロだって、売店を拠点に病院じゅうに広める気じゃないだろうな、先輩……。いや、まさか。それこそまさかだ。あの楢崎先輩が、そんなくだらないことに血道を上げるわけないだろ」

チラリと頭に浮かんだ馬鹿馬鹿しい考えを、俺は首を振って追い払った。

ここで戻ってもう一度虐められてはたまったものではないし、先輩の言うとおり、朝から医局に一度も戻っていないので、油を売っている場合ではないのだ。

「……なんだか無駄に疲れた……」

俺はガックリ肩を落とし、さっきの茨木の妙な口説きもどきと、楢崎先輩の不審な行動についてあれこれ思いを巡らせながら歩き出し……そして当然の結果として、十三歩歩いたところで、見事につっ転んだのだった……。

それから五日間、なぜかアレルギー性鼻炎の患者が激増して、俺は終日大わらわで過ごした。

当然、売店に行く暇などない。例によって昼休みは消滅し、自由の身になったときには、売店はとっくに閉まっているという毎日だった。

その間、俺の精神状態はさんざんだった。

思うように処置が上手くいかなかったり、ヘマをして上司にどやされたり、看護師長にイヤミを言われたりしたとき、ごく自然に茨木のことが頭に浮かんでしまうのだ。

べつに、彼に愚痴を聞いてほしいというわけではない。ただあの浮世離れしてほんわかした笑顔を見たい、気楽なお喋りがしたい、そして……そんなふうにへこんだとき、俺の脳裏にはいつも、一度だけ頭を撫でてくれた彼の手の感触が甦《よみがえ》る。

ここに彼がいてくれれば。あの夜のように労ってくれればどんなにいいだろう。そう思う自分自身に、俺はこれ以上ないほど困惑していた。

いくら今恋人がいないからといって、身近にいて優しくしてくれる男によろめくなんて安直すぎるし、だいいちおかしい。俺には、そっち方面の趣味はないはずだ。現に、これまでつきあってきたのは、全部女の子だった。

それなのに、気がつくと彼のことを考え、彼に会いたいと思っている自分がいる。

仕事でいっぱいいっぱいな上に、茨木のことを考えるたびに大混乱し、俺は文字どおり、目が回りそうな日々を送っていた。


そして、六日目の夜。

やはり大忙しの一日を終え、俺が医局を出たのは午後十時過ぎだった。

もうとっくに消灯時間は過ぎているので、廊下の照明は落とされ、非常灯の明かりだけが寒々しく浮かび上がっている。

俺は例によって、一号館から三号館への渡り廊下を通り、帰途に就いた。

……と、外灯の光が窓から入るのでほかの場所よりうっすら明るい渡り廊下のベンチに、誰かがぽつんと座っているのが見えた。

こんな時刻にそんな場所に座っているのは、入院患者と相場が決まっている。

(……また、消灯時間を守らない奴がいるな)

どこの科の入院患者か知らないが、医師として、知らん顔で前を通り過ぎるわけにはいかない。

いろいろ思い悩むことはあるだろうが、夜にきっちり睡眠を摂《と》って、体力を回復するよう努力しなくてはいけない。そう悟すつもりで、俺はベンチに歩み寄った。

足音に気づいたのか、ベンチに座り込み、がっくりと俯いて両手で頭を抱えていたその人物は、ゆるゆると顔を上げた。

「………！」

すっかり説教のスタンバイをしていた俺の口は、何も言えずにただパクパクと金魚のように動いただけだった。

俺を見上げたその人物こそ、ほかならぬ茨木だったのだ。

しかも、それは、俺が一度も見たことのない彼だった。

思いきり掻きむしったのか髪はぼさぼさに乱れ、愛用の眼鏡は傍らに置かれていた。薄暗がりで見ても、その顔からはひどい憔悴《しょうすい》が見てとれる。頬から顎《あご》にかけてわずかに光る筋が走っているのは、もしかしたら涙の跡かもしれない。

何より、いつもは俺を見たらすぐに微笑んでくれるはずの彼が、幽霊でも見たように、能面のような無表情のままだった。

「い、いば、茨木、さん……？」

戸惑いながら声をかけると、それでもなおしばらく俺を凝視していた茨木は、やがて深い深い溜め息をついて、再び頭を抱えてしまった。

「ちょっ……こんな時間に、こんなところで何してんだよ。もしかして、具合でも悪いのか?」

俺は仕方なく、彼の横に腰を下ろした。正直、今いちばん会いたいけれど会いたくない相手だったが、こんな状態を見てしまっては放っておけない。

俺の問いかけに、茨木は頭を抱えたままでもさもさとかぶりを振った。

「じゃあ、どうしたんだよ。俺、ここしばらく仕事が忙しくて売店に行けなかったけど、店で何かあったのか?」

数十秒の沈黙ののち、やはり顔を上げないまま、茨木はまたもそもそとかぶりを振った。

「いいえ……。店は順調です。……お仕事が……忙しかったんですか」

「え? あ、うん。医局がてんてこ舞いでさ。ホームページのほうも、花粉情報のデータ量が多くて更新に手間取ったりして……」

「……そうですか。僕はまた……先日、悪のりしすぎて嫌われたかと……思いましたよ」

ボソボソと茨木は言葉を継ぐ。声にはまったく元気がなく、今にも消え入りそうだ。

「そんなわけないだろ。……って、ま、まさか、俺が行かなかったからそんなにへこんでる……なんてことはないよな?」

半ばビビりつつ、半ば笑い飛ばしてくれることを期待しつつ、俺はそう訊ねてみた。

「……確かに寂しかったですが、さすがにそんなことは」

ようやく顔を上げた茨木は、微笑を浮かべようとした。だが無惨に失敗して、薄い唇を噛《か》みしめる。

ひどく痛々しい姿だ。俺も相当くたびれているが、彼はもっと……なんというか、メンタルに打ちのめされた感じだった。

「だよなあ。……じゃあ、いったいどうしたんだよ。俺でよかったら、話してくれよ。あんたが笑ってないと、なんだかこっちが不安になる」

「……すみません」

「あ、いや、責めてるんじゃなくて！　ごめん、言い方が悪かった、俺……」

「心配してくださっているんですよね。わかっていますよ。……ありがとうございます」

今度は口の端に微《かす》かな笑みを浮かべることに成功した茨木は、つらそうに目を伏せて言った。

「とても……とても、つらいことがあったんです。いえ、つらいことが待ち受けているんです」

「つらいことが……待ち受けてる？　何か、嫌なことが起こりそうだってことか？」

「ええ。いつかそうなるだろうと覚悟はしていたはずなのに、いざそれが近くに迫っていると知らされたら、こんなに動揺してしまって。お恥ずかしい限りです」

「誰だって、災難が待ち受けてたらビビるよ。よくわかんないけど、べつに恥ずかしがることはないと思う。……だけど、そんなに怖いことって、いったいなんなんだ？」

茨木は、前に俺の身の上話に耳を傾けてくれた。もし彼がつらいことをひとりで抱え込んでいるなら、そしてそれを誰かに話すことで楽になれるなら、俺は喜んで聞こうと思ったのだ。

だが茨木は、緩く首を横に振った。

「すみません。まだ、それを話す勇気がないんです。言葉にしてしまうと、それが急に現実味を帯びてきて、僕自身が押しつぶされてしまいそうで」

「あー……。なんとなく、わかる気がする。いいよ、無理に喋らなくて。ただ……俺、前にあんたに話を聞いてもらって、その、あ、頭撫でてもらって、なんだかすごく嬉しかったっていうか安らいだっていうか、微妙に混乱したっていうか……」

「混乱した？」

「あ、いやっ、それはこっちの話！　とにかく、なんかこれまでの頑張りが報われたっていうか……そんな満たされた気分になれたんだ。だから、俺も……あんたがしんどいのなら、少しでも楽になれるように力になりたい。それだけ」

「ありがとうございます。……あなたにこんな無様な姿を見せたくはなかったですが、その反面、あなたがここに現れてくださって、本当に嬉しいです。天使が降臨するより、ずっと僕にとっては素敵なことですよ」

「お、大袈裟《おおげさ》だよ、んなこと」

「いいえ、本当に。ありがとうございます。ここに来てくださって。誰かが横にいてくれるというのが、こんなに嬉しいものだとは思いませんでした」

茨木は、ようやく再び視線を上げ、俺を真っすぐに見た。その目は潤んで、外灯の微かな光を反射している。

いつも平常心のこの男を泣くほど動揺させる「つらいこと」というのは、いったいなんなんだろう。

彼のプライベートについてはほとんど知らない俺は、想像もつかないままに言葉を重ねた。

「横にいるだけじゃなくて、もっと俺にできること、ないのか？　あ、そうだ。もしヤケ酒とか飲みたいんなら、つきあうぜ。ヤケ飯でもいいし！　俺まだ、あんたに奢り返してないしさ」

「いいえ……でも」

「ほかにしてほしいことが何かあるんなら、遠慮なく言ってくれよ」

俺がさらに促すと、茨木はようやく意を決したように口を開いた。

「でしたら……一つだけ、お願いしてもいいでしょうか」

「だから、いいって。何？　俺、なんでもやるから……うわッ」

意気込んで訊ねた俺は、次の瞬間、悲鳴じみた声を上げるはめになった。

茨木はいきなり、座ったままの俺の手首を摑み、引き寄せたのだ。

バランスを崩した俺の上半身は、そのまま茨木の胸に倒れ込む。頬が彼の木綿《もめん》のシャツに当たり、背中には彼の両腕が回された。

「な……なんだ!?」

感嘆符と疑問符を吐き出しつつも、俺は彼を突き飛ばすことができずにいた。耳元に熱い息とともに囁《ささや》かれた言葉が、あまりにも切なげだったからだ。

「少しだけ。……ほんの少しだけ、このまま泣かせてください」

「茨木さん……?」

息苦しいほどしっかりと俺を抱きしめて、茨木は低い声で囁き続けた。

「ひとりで泣くのは、つらいんです。だから……でも、どうしても嫌なら僕のことを突き飛ばしてくださって結構です。僕は大丈夫、ですから」

「……嘘つけ」

もう涙声のくせに強がる茨木が痛ましくて、俺は思わず、彼の背中を抱き返した。茨木は俺の肩口に顔を伏せ、掠れた声で言った。

「嫌では……ないんですか?　我慢してくださって……?」

「違う」

俺は、自分の今の気持ちに正直に答えた。

「嫌じゃない。俺は全然嫌じゃない。いつまでだって聞くから、好きなだけ泣けよ」

茨木が涙の理由を話したくないなら、無理に聞き出そうとは思わない。ただ、友人として彼の助けになれるなら、このくらいのことはなんでもない。俺は本心からそう思ったのだ。

「すみません…………っ……」

茨木は、しゃっくりをするときのように鋭く息を吸った。それをきっかけに、小さな嗚咽《おえつ》が彼の口から漏れ始める。

「謝んなくていいって」

俺はただ、シャツ越しにじんわり染みてくる彼の涙の温かさを感じつつ、激しく波打つ彼の背中を撫で続けていた。

俺自身も、父親が死んだとき、ひとりで泣きながら、誰かがここにいてくれたらいいのに……と思ったことを思い出す。

ただ、当時の俺は必要以上に意地っ張りだったから、可哀相だと思われるのが嫌で、友達にも当時つきあっていた女の子にもすがれなかった。

(あのとき……茨木が俺の友達だったら、俺、こんなふうにこいつに抱きついて泣けたかも……)

うっかりそんなことを考えると、こんなときだというのに心臓がドキドキする。

俺は自分の気持ちを持て余しつつ、彼の押し殺した泣き声を聞いていた。

どのくらいそうしていただろうか。

数十分も経《た》ったような気がしていたが、あるいは十数分程度だったのかもしれない。

ようやく嗚咽を静めた茨木は、ゆっくりと俺の肩から顔を上げた。

俺を抱きしめたときとは比べものにならないほど優しく、俺の体を自分から引き離す。

「あ……」

「ありがとうございます」

まだ涙に湿った声でそう言って、茨木は自分のシャツの袖口《そでぐち》で涙を拭《ぬぐ》い、恥ずかしそうに笑った。腫《は》れ上がった目を隠すように、ずっと放ってあった愛用の眼鏡を拾い上げ、かける。

「気がすんだのかよ」

「はい。……おかげさまですっきりしました」

「……そっか」

「……ええ」

俺たちは、再び並んでベンチに落ち着いた。

だが、それ以上何を言っていいかお互いにわからず、しかも、ついさっきまで延々と抱き合っていたことを思うとどうにも気恥ずかしい。

漂う空気が微妙すぎて居心地が悪いが、今の茨木にそれをなんとかしろと要求するのはあんまりだろう。

ここは一つ、俺が沈黙を打破してやらなくては。

（とはいえ、どうやって……？）

しばらく頭を悩ませた俺は、あることに気づいて内心指をパチンと鳴らしたい気持ちになった。

「……京橋先生？　どうかなさいましたか」

うっかり俺の「やる気」を感じとってしまったのか、茨木は訝しげな顔をする。だが、俺はそれに怯《ひる》まず、彼の胸元に素早く手を伸ばした。

「ゲット！」

摑んだのは、彼が首から提げたままにしていた、いつもはエプロンに隠されて見えないIDカードだ。

「あっ」

「へへ、もう引っ込めるのはナシだぜ。よーし、ついに、あんたのフルネームがわかるときが来たな！」

彼の弱みにつけ込んだようで少々良心が痛んだが、この際、降って湧《わ》いたチャンスをものにすることにして、俺は彼の胸元に顔を近づけた。

大きな文字で印刷されているので、暗がりに慣れた目には、ずっと謎《なぞ》だった彼のフルネームがハッキリ見える。

「ああ……これは、やられましたね」

頭の上で、彼が溜め息のように笑った。俺は重い雰囲気を和らげられたことに安堵しつつ、同時にささやかな勝利感を味わいつつ、彼の名前を読み上げようとした。

ところが。

「わかったぞ。茨木……あれ？」

「どうしました？　茨木、なんですか？」

「う……ええと……くそ、ええと、なんだっけ、この字」

そう、字はこれ以上ないほどクリアに見えているのだが、恥ずかしながら読めないのだ。

畔。

それが彼の名前だった。

だがどう読むのか、さっぱりわからない。

「……おや、見えないことはないと思うんですが」

泣き顔を見られた照れ隠しのつもりか、茨木の声には少しばかり意地悪な響きがある。

俺はふて腐れて言い返した。

「なんだよ、汚ぇぞ。読めない名前なんて。なんて読むんだよ、これ。『あぜ』……じゃないよな、いくらなんでも」

「ええ、いくらなんでも」

「くそ、教えろよ！」

「……仕方ありませんね。では、渋々白状しましょうか。僕の名前は、『くろ』というんです」

「く……くろ？」

「はい。それこそ、犬みたいな名前でしょう」

クスリと笑って茨木はそう言った。確かに、字面は学者っぽいのに、読みはチロと同じくらい犬っぽい。

俺も、ＩＤカードに顔を近づけてつくづくと畔の字を見ながら、思わず笑ってしまった。

「ホントだな。犬コンビかよ、俺たち。でも、変わった名前だな」

「ええ。まともに読んでもらえたことはほとんどありません」

「そりゃそうだよ。ホントに変わった名前」

「ええ。でも、あなたと二人で犬括りされるなら、それはそれで嬉しいですよ。……それにしても、京橋先生」

「なんだよ」

茨木は、腫れぼったい目を悪戯っぽく細めた。

「お約束では、あなたが自力で僕の名前を知るということでしたよね」

「う……だ、だから、自力で知っただろ」

「でも、読み方は僕がお教えした。少しばかりズルですよね」

「そりゃそうかもだけど。でも、こんなややこしい名前のあんたが悪いんだろ！」

「それは言いがかりというものです。やはりここは、ささやかなペナルティを課すべきかと」

「ペナルティ？　そんなのアリか？」

「アリです」

悔しいが、それより茨木の声に少し元気が戻ったのが嬉しくて、俺はおとなしく引き下がってやることにした。

「くそ、わかったよ。何すりゃいいんだ」

すると、茨木はさっき泣いたカラスがなんとやらの笑みを浮かべ、こう言った。

「……あなたは何もしなくて結構です。僕が一方的にいただきますから」

「だから何を……ッ！」

おもむろに行動に移った茨木に、俺は再度、驚愕《きょうがく》のあまり硬直した。

いきなり近づいてきた茨木の顔と、唇に触れた温かなもの。

「ん、う、んんっ……！」

それが茨木の唇だと気づいても、俺はあまりにも予想外の出来事に、反応できずにいた。

反射的に引き結んだ唇を宥《なだ》めるように、茨木は、何度も触れるだけのキスを繰り返してくる。

(な……なんだ? なんでペナルティがキスなんだ……!?)

「……好きですよ、京橋先生」

啄《ついば》むように重ねられる唇も、囁かれる言葉も、何もかもが信じられない。

「え……あ……っ」

何か言葉を吐き出そうとわずかに緩んだ唇を、茨木の舌先がチロリと舐める。それだけのことで、びくんと身体が跳ねた。

それが心地よいのか、怖いのか、嫌なのか……自分の気持ちさえ、把握することができない。

(どういう……ことなんだ、これって……)

仰天して目を見開いたまま、俺は彼の唇の温度と、早鐘のように打つ自分の鼓動だけを感じていた……。

夜、布団に入っても、なかなか寝つかれなかった。

目を閉じると数時間前、暗い渡り廊下で項垂《うなだ》れていた茨木《いばらき》の、初めて俺に見せた憔悴《しょうすい》した顔が瞼《まぶた》の裏に浮かぶ。

俺にしがみついて嗚咽《おえつ》した彼の息の熱さが、まだ首筋に残っている気がする。

『ごめんなさい。あなたの優しさにつけ込みました。でも、好きだというのは本当です』

突然のキスのあと、耳元で囁《ささや》いた彼の声が甦《よみがえ》る。

『忘れてくださっていいんです。すべては夢だと……あるいは、〝クロ〟という名の犬に甘《あま》嚙《が》みされたとでも思ってください。けれど、これだけは覚えていてくださいますか』

まるでこれが今生の別れででもあるかのように強く抱きしめられて、押し殺してはいるけれど、灼《や》けるような熱を孕《はら》んだ声を、耳に吹き込まれた。

『あなたがここに来てくださって、今夜の僕がどれほど救われたか。どんなに……嬉《うれ》しかったか。それだけは、どうか』

そう言って茨木は俺から離れ、立ち上がってじっと俺を見つめる。

『気をつけて帰ってくださいね。おやすみなさい』

まだ危なっかしい、とても寂しそうな笑みを残して、茨木は去っていった。

俺はといえば、挨拶《あいさつ》を返すこともできず、ベンチから立ち上がることもできず、ただ呆然《ぼうぜん》としていた……。

「……なんだってんだよ……。あれはいったい、なんだったんだよ。っていうか、俺はどうしてこんなになっちまってんだ？」

俺は男に口説《くど》かれて喜ぶ趣味なんかない。ないはずなのに……。

『好きですよ、京橋《きょうばし》先生』

涙で湿り、少し掠《かす》れた声を思い出すたび、嘘《うそ》みたいに鼓動が早くなる。頬《ほお》が熱くなる。もっと……厄介なところも、微妙に熱を帯びているのがわかる。

おかしい。こんなのは、おかしい。

そうだ、きっとこれは、思いがけない出来事に、心が混乱しているだけだ。そのせいで、血迷った身体《からだ》が少々おかしな反応をしているのだ。そうに違いない。

「明日も忙しいんだぞ。妙なことでモヤモヤしてる場合じゃないっつの」

もう、午前一時を過ぎている。

明日は朝から手術に入ることになっているので、いい加減に眠らなくてはならない。主治医が手術室で居眠りなんかしたら、一大事なんて言葉では足らない大失態だ。

それなのに。

自分の体温で温《ぬく》もりすぎた布団が心地《ここち》悪い。身体にこもった熱が不快だ。頭がグルグル回る。いつまで経《た》っても訪れてくれない眠りを待ちわびて、俺はたいして大きくもないベッドの端から端まで、何度も寝返りを打った……。


翌日の午後三時過ぎ……。

俺は、重い足取りで渡り廊下を歩いていた。

俺の受け持ち患者の上顎癌《じょうがくがん》摘出手術は、篠原《しのはら》准教授の執刀で行われ、無事に終わった。周囲組織への浸潤が予測したより軽微で、しかも今日初めて導入した術式も上手くいったので、篠原先生も満足げな様子だった。

奥田《おくだ》教授が新しい術式を編み出す天才なら、篠原准教授は、それを実行し、改良する名手である。

教授と准教授が不仲な医局はけっこう多いのだが、うちの教授と准教授は仲よしだ。

いや、仲がいいというよりも、完全分業制といったほうが正しい。

教授が動なら准教授は静、教授がお喋《しゃべ》りなら准教授は寡黙、教授が研究好きなら准教授は現場好き……と、守備範囲が見事なまでに分かれているのだ。

だからいさかいの起こりようがないし、二人の間には無言の不可侵条約が結ばれているのだろう。それに、お互いが自分にないものを持っているので、素直に尊敬し合えるのかもしれない。

おかげで俺たち医局員も、仕事がしやすくて助かる。

……なんてことは、今はどうでもいい。

患者の術後の容態が安定しているので、今の内に昼飯を食っておこうと、俺は売店に向かっているのだ。

まだ手術中の緊張が残っているし、昨夜《ゆうべ》の寝不足が祟《たた》って、食欲があまりない。

たぶん、おにぎり一つを片づけるのがやっとだろう。そうした軽食を手に入れられるのは、このあたりでは売店だけだ。

昨夜の今日だけに、本当は茨木と会うのは気まずい。どう声をかければいいのかわからないし、そもそも目を合わせる勇気もない。

(あいつ、俺にキスしたし、俺のこと好きだって言った。その好きって、どう考えても恋愛の好き、だよなあ)

本来なら、一滴の迷いもなく、「悪いけど俺にはそんな気はないから」と言い放てば済む話だ。

それなのに、そうは言えない。言いたくない。

だって俺は……。

一度だって、嫌ではなかったのだ。

あいつと喋るのも、あいつと飯を食うのも、あいつに頭を撫《な》でられたときも、あいつに抱きしめられたときも……それから、あいつにキスされたときですら。

いや、さすがにキスに関しては、あまりのことに頭が真っ白になってしまい、何を考える余裕もなかった。あれについては、いいも悪いも判断できない。

それでも、もし生理的にまったく受けつけなかったなら、俺は二度と茨木のいる売店に行こうとしないだろう。きっと、自転車を買ってでも、遠くのコンビニに行くはずだ。

「あいつのこと……全然嫌いじゃない、よな、俺」

渡り廊下をとぼとぼ歩きながら、自分の心を確認するように、小さく呟《つぶや》いてみる。

そう、あんなことがあっても、俺は彼のことを避けたいとは思えない。それどころか、あんな状態で大丈夫だろうか、ちゃんと出勤できているだろうか……と心配ですらある。

それはもしかすると、俺の中にも彼に対して、そういう感情があるということなのだろうか。

「だけどそもそも、俺にそういう趣味はないはず……おわッ！」

考えながら歩いていたら、何もない床面にスニーカーのつま先が引っかかった。

しっかり腕組みしていたせいで手を突くことができず、顎《あご》から床に激突する……はずだったのだが。

次の瞬間、俺は盛大に咳《せ》き込むはめになった。

俺の身体は前方に中途半端に倒れかかったまま、なぜかピタリと静止している。咳き込んだのは、ケーシーの立ち襟が首を締めつけ、息が詰まったからだ。

「ゲホゴホッ……！　な、何……？」

「ごめんごめん、首絞まっちゃった？　息、大丈夫？」

そんな野太い声とともに、よっこいしょと背後から力強く引っ張られ、俺はどうにかまともに自分の両足で立つことができた。

どうやら転びかけた俺を、誰《だれ》かがケーシーの背中を摑《つか》むことで助けてくれたらしい。

それに気づいた俺は、まだ咳《せき》をしながらも、振り返って礼を言った。

「ケホッ、す、すいません。ありがとうございました……ってあれ？」

俺を助けてくれたのは、大柄な青年だった。アスリートっぽく実用的な筋肉がついたごつい身体をTシャツとカーゴパンツに包み、赤茶けた長めのザンバラ髪をバンダナで覆っている。

まだ二十歳《はたち》そこそこにしか見えないワイルドだが人のよさそうな顔立ちのその青年に、俺は確かに見覚えがあった。

だが、どこで会ったのかが思い出せない。

「どういたしまして。転ばなくてよかったね！　じゃ、気をつけて！」

思い出そうとしていると、青年は無邪気な笑顔でそう言い、俺の背中を叩《たた》くと、大股《おおまた》に歩

き去った。

「どうも……って、あ!」

ぼんやり見ていると、青年はなんと、売店に入って行く。

「うは、助かった……」

俺はホッと胸を撫で下ろした。これで少なくとも、あの小さな店の中で茨木と二人きりというシチュエーションには陥らずに済む。

二重の意味で青年に感謝しつつ、俺はいそいそと売店に入った。

案の定、ピークを過ぎた売店には、客はさっきの青年以外誰もいなかった。昼時にだけ来るパートのおばさんも帰ってしまったらしく、姿が見えない。

問題の茨木は、弁当の棚の前で、青年と何やら話していた。

(ああ……あの人も、弁当を買いに来たのか)

たぶん、患者……にしては元気すぎるので、見舞客か何かで、昼飯を食いっぱぐれたのだろう。

見れば、弁当の棚はほとんど空っぽで、かろうじて数個のおにぎりと、菓子パンの類《たぐい》が残っているだけだ。

(茨木の奴、くそ真面目《まじめ》に謝ってんだろうな、売り切れててすみません、とかって)

茨木の姿を見ただけで、俺の心臓は、あからさまに鼓動を速くする。血流がよくなったせいで、たちまち頬が熱くなるのがわかった。

（どれだけ弱っちいんだよ。しっかりしろ、俺の交感神経！）

自分の自律神経を叱咤《しった》しつつ、俺は躊躇《ためら》いがちに二人に歩み寄った。

青年と何やら語らっている茨木の横顔には、穏やかな笑みが浮かんでいる。昨夜のことが、俺の夢だったのかと思ってしまうほど、普段どおりの姿だ。

「……！」

しかし、近づいた俺に気づいた彼の顔が一瞬強張《こわば》ったことが、あれは現実なのだと雄弁に語っている。

「ああ、京橋先生、いらっしゃい。昨夜はどうもすみませんでした」

それでも、彼はたちまち表情を取り繕った。俺に向けられた笑顔も、投げかけられた言葉も、いつもの人あたりのいいそれだ。

泣いたことも抱擁も告白もキスも全部ひっくるめて、通常モードの「すみません」で片づけられて、俺のほうはどう反応していいかわからなくなる。

「あ、う、いや、あの」

だが、俺の狼狽《ろうばい》など綺麗《きれい》に無視して、茨木はにこやかに言った。

「ちょうどよかった。彼を、京橋先生にお引き合わせしたかったんですよ。というか、もうご存じですよね」

この場合の「彼」というのは、さっきの青年にほかならない。やはり俺は、彼に会ったことがあったらしい。

だが、どこで会ったのか、やはりピンと来ない。もともと人の顔と名前を覚えるのが遅い俺だが、本当に知り合いだとしたら、なんとも失礼な話だ。

「へ？　いや、俺……ええと」

困惑していると、茨木はすぐにフォローしてくれた。

「ご紹介すれば、すぐ思い出せるんじゃないですか。彼は、定食屋『まんぷく亭』のバイト店員、間坂《まさか》君です」

「あ！」

俺はポンと手を打った。

そういえば、何度か「まんぷく亭」に行ったとき、接客に調理にと飛び回る元気な青年がいた。

言われてみれば、確かに彼だ。あまり注意して見ていなかったので、思い出せなかったのだろう。

「間坂君、こちらが、僕に『まんぷく亭』にお弁当をお願いしたらとアドバイスをくださった、耳鼻咽喉科《じびいんこうか》の京橋先生ですよ」

茨木に俺を紹介された途端、青年……間坂君の顔に、ぱあっと笑みが広がった。

「この人が!? わあ、一度会ってお礼を言いたいと思ってたんだ。ありがとうございますっ! じゃあ、うちの店に来てくれたこと、あるんだよね? ごめんね、俺、覚えてなくて」

大きな身体が二つ折りになるほど深々とお辞儀されて、俺も慌てて頭を下げた。

「いや、だってあんなに繁盛してるんだもん、いちいち常連でもない客の顔なんて覚えてられないよ。俺こそ、さっきはありがとう」

「さっき?」

不思議な茨木の顔をあまり見ないようにして、俺は説明した。

「さっき、転びそうになったところを彼に助けてもらったんだ。それよか、『まんぷく亭』の人がここに来てるってことは、もしかして」

茨木は笑顔で頷《うなず》き、弁当棚の一角を指し示した。

「ええ、あれからすぐに『まんぷく亭』さんに伺って、お弁当を作ってくださるようお願いしたんです。試験的に一日十食だけ置かせていただくことにしたんですが、これが大人気で」

「へえ、俺、見たことないけど」

「置いた端から売り切れてしまうので、先生が来られる頃には跡形もなかったんですよ。今日はせっかく間坂君が来てくださったので、もう少し数を増やせないかとお願いしていたところだったんです」

「やー、弁当が毎日売り切れって言われても、自分で見るまで信じらんなくて。今日、バイトが早く上がったんで、つい見に来ちゃった」

間坂君は、嬉しくて仕方がないといった顔つきをして、弾んだ声で続けた。

「実は、弁当は俺が任されてるんだ。マスターが、お前やってみろって言ってくれて！」

「へえ。それで毎日売り切れってことは、間坂君、料理の腕がいいんだな」

「えへへ、まだまだ勉強中だし、メインのおかずは定食屋の日替わりと同じだけど……。でも、すっげえ嬉しい」

素直な言葉と表情は、誰もが好感を持ちそうな爽《さわ》やかさと子供っぽさだ。実を言うと少しだけ人見知りの癖がある俺でも、彼とは自然に話すことができる。

「じゃあ、数、増やすんだ？」

「うーん、俺まだまだ手が遅いし、店もランチの支度で忙しいんで、たぶん、十個を十五個にするのが限界だと思うんだけど。せっかく喜んでもらってるんだから、頑張ろうと思ってる」

「そうだな。俺も、紹介した手前、嬉しいよ。頑張って」

「はいっ！　先生もよかったら、俺の弁当食ってみてね」

「そうだな、競争率高そうだけど、努力してみるよ」

俺がそう請け合うと、間坂君は太陽みたいなピカピカの笑顔で頷き、茨木に向き直った。

「じゃ、マスターからゴーサインが出たら、明日からは十五個ずつ持ってきます」

「よろしくお願いします。皆さん、楽しみにしてますからね」

「はいっ。じゃ、また明日！」

間坂君は、もう一度空っぽの弁当棚を見遣《みや》り、意気揚々と引き上げていった。

その後ろ姿を笑顔で見送った俺は、視線を戻してギョッとした。

しまった。彼がいなくなったせいで、今度こそ茨木と二人きり空間だ。

俺を見ている茨木の顔には、相変わらずもの柔らかな笑みが浮かんでいるが、よく見れば瞼は腫《は》れているし、眼鏡《めがね》の奥の目も赤い。

「あ、あのさ、俺……。いや、その、とりあえず大丈夫か？」

口ごもりつつもどうにかそれだけ訊《たず》ねた俺に、茨木は微笑したまま目を伏せ、浅く頷いた。

「ええ、おかげさまで。先生が昨夜泣かせてくださったおかげで、だいぶ気分が落ち着きました」

「そ、そっか。その……よかったな。って言っていいのかどうかわかんないけど」

「はは、僕が昨夜ああだった理由を、何もお話ししていませんからね。でも……とても助かりました」

「そっか。じゃあ……よかったよ、うん」

俺はあちこちに視線を泳がせながら、意味もなく手のひらをケーシーの裾《すそ》で擦《こす》った。何かしていないと、どうにもいたたまれない。

「……京橋先生」

そんな俺をじっと見ている茨木の視線を感じる。視線だけなら気づかないふりもできただろうが、呼びかけられてしまえば、無視することはできない。俺はおそるおそる、茨木の顔を再び見た。

「な、な、何？」

俺の顔は、よっぽど引きつっていたのだろう。茨木はちょっと驚いたように目を見張り、それからとても悲しそうに項垂れた。

「警戒する必要はありません。もう、あんなことはしませんから。お約束します」

「え……あ、う、うう」

是非ともそうしてくれと言うべきなのに、なぜか胸がチリッと痛んだ。

（なんだよ……なんなんだよ、俺は）

これではまるで、彼が俺に触れないことや、彼が俺を口説かないことが不満みたいじゃないか。

自分の反応に戸惑う俺に構わず、茨木は淡々と言葉を継いだ。

「ですから……そんなふうに身構えないでくださいませんか。あんなことをしておいて勝手な言い分だとはわかっていますが、あなたに嫌われると、とてもつらいんです」

「嫌うなんて、そんなことはないって！」

混乱しつつも反射的にそう言った俺に、茨木は少しホッとした様子で、それでも重ねて念を押す。

「本当に？　僕の顔など、もう二度と見たくないと思っておられるのではないかと思っていました」

「んなことない。もしそうなら、ここに来るわけないだろ！」

「それも……そうですね」

「昨日のアレは……その……なんていうか、事情は知らないけど、あんた、弱ってたし、混乱してたからだろ？　どさくさであなっちゃっただけなんだろ？」

「…………」

そう言ったら、茨木はひどく複雑な表情で俺をしばらく見つめ、そして小さな溜《た》め息《いき》をついた。

「そうですね。そういうことにしておいてください」

「へ？」

「いいえ、とにかく、昨夜申し上げたように、もろもろ忘れてくださって結構です。ですから……これからも、これまでどおりにここに来て、お買い物をしたり、僕とお喋りしたりしてくださいませんか？」

「そ……そりゃもちろん。ここに来られなくなったら、俺だっていろいろ困るし……それに……」

喋れなくなったら、俺だって寂しいし。という言葉を、俺は言えずに飲み込んでしまった。昨夜の彼の行動にわだかまりがある今、迂闊《うかつ》に吐いてはいけない台詞《せりふ》だと思ったのだ。

けれど、実際口にした言葉だけで、茨木には十分だったらしい。彼は心底嬉しそうに、腫れぼったい目を細めた。

「ありがとうございます。……本当に、先生の優しさにつけ入るようなことをして、申し訳ありませんでした」

「そんなこと思ってないって！　俺、べつに怒ってないし、その……あんたが復活してて、ホッとしたし」

「本当ですか？」

さっきの間坂君顔負けの勢いで、茨木の笑顔も輝いていく。それを見ていると、なんだかもう、昨夜彼が泣いていた理由や、「あんなこと」をした真意を問いつめる前に、俺の打たれ弱い心臓のほうが、鼓動を速めすぎてやばい感じになってきた。

駄目だ。今はこれ以上、この話を続ける精神的余裕が俺にない。

俺は慌てて、話題を切り替えた。

「う、うん。……そ、それよりっ！」

「はい？」

「間坂君の限定弁当って、俺、マジでいっぺんも見たことない。いつから売ってんの？」

「四日前です。先生からお話を聞いて、翌日お店に伺って……その翌日には、もう試作品を持ってきていただきまして。申し分なく素敵なお弁当でしたので、その次の日から販売を開始しました」

「早！　やけにフットワークいいな。一度くらい、試しに食いに行ってから決めるのかと思ってた」

そう言うと、茨木はちょっと意味ありげに明後日の方向を見やり、すぐに俺に視線を戻した。

「そうするつもりだったんですが、その……偶然、先生以外の方からも、『まんぷく亭』のいい評判を聞きましてね。それならば、と」

茨木の視線の動きを訝《いぶか》しく思いはしたが、突っ込むほどのことでもなかろうと、俺はそのまま話に乗った。

「そっか。で、ホントに旨《うま》そう？　つか、あんたは試食したんだよな？　旨かったか？」

「ええ、とっても」

茨木は即答し、両手で弁当の容器を形作りながら説明してくれた。

「このくらいの大きさのお弁当で、そこに日替わりのおかずと、何種類かの副菜と、あとお漬け物とご飯が入ってるんです」

「わりとスタンダードなんだな」

「そこが、家庭料理風でいいんじゃないでしょうか。既製品は一つもなくて、すべて間坂君が一生懸命栄養バランスを考えて作ってくれていますから。搬入を待ち構えて買って行くお客さんもおられるんですよ」

「へえ、もうそんな熱烈なファンがついたんだ」

「はい。おかげで僕までお褒めにあずかって、ちょっと申し訳ない感じです」

この売店を少しでもよくしたいと言っていた茨木だ。まだ数は少ないとはいえ、お客さんに喜んでもらえる弁当を提供できたことが、とても嬉しいらしい。

しかし俺のほうは、弁当の評判だけを聞かされて、少々、いやかなり悔しい。

「ちぇっ、いいなあ。間坂君、何時頃弁当配達してくんの?」

「そうですね、お店のランチの支度が終わって、開店までの短い間に届けてくれるので……だいたい十一時前後でしょうか」

「うう。じゃあ絶対無理だな。外来にしても、講義のお供にしても、オペにしても、俺、絶対抜けらんないもん、そんな時間帯。くそう、俺も間坂君の弁当、食ってみたかったなあ……」

「あー……」

肩を落とした俺を気の毒そうに見ていた茨木は、やがてちょっと悪戯《いたずら》っぽく笑って、低い声でこう言った。

「本当は、店長代理としてこういう依怙贔屓《えこひいき》はいけないんですが……」

「へ？」

「でも、先生のご提案がなければ、お弁当も実現しなかったわけですから。京橋先生さえよろしければ、当然の権利として、毎日お弁当を取り置きしておきますよ」

「えっ、マジ？」

「はい。先生が召し上がらない日は、僕がいただきますし。とりあえず明日、召し上がってみてください」

「やった！」

思わずガッツポーズをした俺に、茨木はとても……なんだかまた泣き出しそうに優しい眼差《まなざ》しを向けた……。


それ以来、茨木は約束どおり「まんぷく亭」特製弁当を取り置きしてくれるようになった。

弁当は毎日、あの間坂という青年の力作で、お世辞抜きで旨い。

旨いけれど、弁当を受け取るために、俺は毎日売店に行かなくてはならないわけで……すると当然茨木に会わなくてはならないわけで。

べつに、会ったからなんだというわけではない。あれ以来、茨木は本当に「それっぽい態度」を一度たりとも見せたことがないのだから。

彼はただ、以前とまったく同じように、他愛ないお喋りをしたり、俺の好きそうな新製品をお勧めしてくれたりするだけだ。

あまりにもさりげなく接せられるので、俺のほうも、単なる職場の知り合いとしてのつきあいを続けている。

ただし、それはうわべだけの話だ。

本当は、彼が俺に微笑《ほほえ》みかけてくるだけで気持ちがざわめくし、品物のやり取りで偶然指先で触れたりしようものなら、ビクッと全身が震えてしまいそうになる。

正直、売店に入る前には、いつも深呼吸して気合いを入れなくてはいけないほどだ。

それでも……俺の中には、茨木に会いたいという気持ちがある。

弁当を理由にしていても、その実は、相変わらず茨木と会い、短い言葉を交わすために、俺は毎日売店に通っている。

ただ、その気持ちが単なる友情なのか、それとも……恋なのか。俺にはさっぱりわからなかった。

茨木が完璧《かんぺき》に「愛想のいい店員スタンス」に戻っているのに、俺のほうからあの夜のことを蒸し返すのはどうにも女々しい。

だからといって、あのときの彼の体温とキスの感触を忘れることも、俺にはできないのだ。

彼の笑顔や言葉にどうしようもなく癒《いや》されはするが、癒される自分の心のありようがわからなくて、それがストレスになっていく。

そんななすすべもない悪循環の中で、俺は仕事に追われ、悩みながらどうにか日々をやり過ごしていた。

時間が経てば、きっとすべてが落ち着き、元どおりになる……そう願いながら。


しかし。

二ヶ月が過ぎても、現状はまったく変わらなかった。

茨木の態度も相変わらずなら、俺の動揺も少しもおさまらないのだ。

茨木は笑顔という仮面の下に心を完璧に隠していて、俺に、彼の本心を問い質《ただ》す隙《すき》すら与えない。

俺のほうも、彼に対する自分の気持ちがどうにもわからない。

八方塞《はっぽうふさ》がりとはこのことだ。

こうなったら、誰かに相談するしかない。人生経験の乏しい俺でも、そのくらいのことはわかっている。

とはいえ……。

普通の恋の悩みならともかく、男相手の気持ちを持て余しているなんてことは、学生時代からの友達には打ち明けにくい。

こういうときには、あまり親しすぎない、客観的に、冷静に話を聞いてくれる人物がありがたい……と漠然と思っていたら。

「そんな人、俺の周りには……。あ。ひとりだけ、いるじゃないか」

医局で文献の整理中ふと頭に浮かんだその人物は、幸い二階上のフロアにいる。

善は急げだ。ここでグズグズしていたら、優柔不断な俺だけに、きっと相談を持ちかけること自体を躊躇い始めてしまう。

俺は席を立つと、同僚に見咎《みとが》められないよう、こっそりと医局を抜け出した。

「お邪魔します……と、あ、いた」

消化器内科の医局を覗《のぞ》いてみたら、楢崎《ならさき》先輩は、席でノートパソコンのキーを軽快な調子で叩いていた。

そう、俺が思いついた格好の相談相手というのは、楢崎先輩のことだ。

知り合ってからそう長くはないものの、留学先という特殊な環境で、俺は彼に情けないところやみっともないところをたくさん見られた。

アメリカ人とのコミュニケーションに躓《つまず》き、もう日本に帰りたいと泣きべそを掻《か》いたこともある。

そんなとき、いつも話を聞いてくれ、非常に力強く指示を飛ばしてくれた楢崎先輩なら、こういう問題に関しても、俺の弱い心をバッサリ斬《き》ってくれるのではないか……俺はそう期待したのだ。

いろいろな本やバインダーをパソコンの周囲いっぱいに広げているところを見ると、先輩はどうやら論文執筆中らしい。

邪魔しては悪いと思いつつも、俺は思い切って声をかけてみた。

「あの、楢崎先輩」

「あ？ ああ、なんだ、チロか。どうした？」

クルリと椅子《いす》を回して身体ごと俺のほうを向いてくれた楢崎先輩は、少し眠そうな顔をしている。

「あの……すいません、先輩、今、忙しいですか？」

「いや。もう仕事もあらかた片づいたから、暇なうちに論文をこつこつ進めようかと思っていただけだ。何か用か？」

そう言って、先輩は探るように俺を見る。その視線の相変わらずの鋭さに、俺はたじろぎながらも切り出した。

「ちょっと、相談したいことがあって……」

「相談？　耳鼻科のことは、俺にはわからんぞ」

「あ、いえ、仕事のことじゃなくて」

「なら、プライベートのことか？」

「……です」

顔から火が出るような思いをしつつ、俺は正直に頷く。

楢崎先輩はしばらくじっと俺の顔を見ていたが、やがて小さく肩を竦《すく》め、「わかった」と言ってくれた。席を立つと、脱いだ白衣をバサリと椅子の背にかける。

「先輩……」

「行くぞ。……ちょっと出てくる」

秘書さんにケータイを見せて声をかけ、楢崎先輩はさっさと医局を出て行く。俺も慌ててあとを追った。

先輩が俺を連れて行ったのは、病院近くの喫茶店だった。客はほとんど医大の学生か病院関係者なので、仕事着のままで入れるありがたい店の一つだ。

注文を済ませると、楢崎先輩はフレームレスの眼鏡を外し、ポケットからクロスを出してレンズを拭《ふ》きながら訊ねてきた。

「で？　折り入って俺に相談ってのはいったいなんだ？」

「あ……実は、先輩にお訊《き》きしたいことがあって」

「だから、なんだ。言ってみろよ」

「それが……その……」

腹を決めたはずだったのに、いざ打ち明けるとなると、口の中がカラカラになって、言葉が出てこない。

先輩は切れ長の目でちょっと苛《いら》ついたように俺を見て、それから綺麗になった眼鏡をかけ直した。

そのきつい視線に促され、俺は水を一口飲んでから、真っすぐにこう問いかけてみた。

「あのう……先輩は、男が男にドキドキするなんてことは……なんていうか、おかしいとか気持ち悪いとか変態っぽいとか、思いますか？」

「!!」

それに対する楢崎先輩のリアクションは……なんだかちょっと俺の想像をはるかに超えたものだった。

「ぬな……な、な、な、なぬを言《い》って、お前……!?」

手にしていたコップをひっくり返しそうになって、危ういところで堪《こら》えたものの、テーブルの上にはビチャビチャと水がこぼれる。

その小さな水たまりをおしぼりで闇雲《やみくも》に拭きながら、先輩は俺を凝視した。

目は通常比1.5倍に見開かれているし、さっきかけたばかりの眼鏡はちょっとずれているし、顔色も青くなったり赤くなったり定まらない。

「う、うう……」

俺はガックリと項垂れた。

きっとそれが、世間的には当然の反応なのだ。

どんな人間でも差別せずに受け入れるべき職業である医師の中でも、楢崎先輩は極めて論理的で柔軟かつ冷静な部類だ。その先輩でさえこんなふうになってしまうのだから、普通の人は……。

(駄目だよなあ、こんなこと訊いたら、それだけで十分すぎるほど引かれるよな)

思いきり落ち込んだ俺とは対照的に、まだ狼狽《うろた》えたままの楢崎先輩は、声を潜め、引きつった顔でこう言った。

「悪いが諦《あきら》めてくれ!」

「……は?」

諦めろはともかく、どうして先輩が、俺に「悪い」なんて言うんだろう。

キョトンとする俺に、楢崎先輩は両手をテーブルにつき、身を乗り出して押し殺した声でこう続けた。

「お前は確かに可愛《かわい》い後輩だが、俺はお前のそういう気持ちに応《こた》えてやることはできん」

「へっ⁉」

そこでようやく俺は、楢崎先輩がすごい勘違いをしていることに気づいた。

「ち、ち、違いますッ！　待ってください！　俺、先輩に告ってるわけじゃないですよ！」

大慌てで両手を振りながらそう言うと、楢崎先輩は、今まで一度も見たことがないような間抜け面になった。

「そう……なのか？」

声まで、いつものピシピシと空気を切り裂くようなそれではなく、呆《ほう》けたような調子になってしまっている。

「そうですッ！」

ポカンと目も口も開けたままで俺をしばらく見ていた先輩は、深い息とともに、ガチガチに力の入っていた肩をストンと落とした。

「なんだ。……俺はてっきり、お前が俺にこれまで懐いてたのは、そういう意味合いかと。今、凄《すさ》まじい衝撃に襲われたんだぞ」

「だ、だから違いますって！　もし先輩をそういう意味で好きなら、ストレートにそう言いますよ、俺」

「だよな。お前は素直だけが取り柄だものな」

「だけって……」

あまりの言われように抗議しようとした俺を遮り、楢崎先輩はまだどこか微妙な表情ながら、冷静な口調に戻って言った。

「まったく、人を無駄に驚かせるな。……とはいえ、なんだ。その、男にドキドキするってのは、お前自身のことなんだろう？」

「……はい」

正直に認めた俺に、楢崎先輩は乱れた前髪をかき上げ、浅い溜め息をつく。

「相手は誰……いや、訊くまでもないか。売店野郎だな？」

「えっ!?　な、なんでわかったんですか」

「あのな……。あんだけ仲よくしてりゃ、見当はつくってもんだ。見たところ、お前は俺にするように気安く懐いてるだけだったんだろうが、あの茨木って野郎のお前を見る目つきは、普通じゃなかったぞ」

「え……ほ、ホントに？　普通じゃないって、どんなふうに……」

「マジでお前のことが好きで仕方ないって目つきだった」

「そ、そんなことは……」

「少なくとも俺はそう見たがな。知ってるか？　あいつ、まあまあ誰にでも愛想はいいが、それでもお前には特別に優しいんだぞ」

「え？　いや、そんなことは……」

先輩は、憮然《ぶぜん》とした顔で断言した。

「そうなんだ。というより、あいつは俺に非常に冷たい」

「ええっ？」

「理由、わかるか？」

問われて、俺はぶんぶんとかぶりを振った。あの茨木が、誰かに冷たく当たるところなんて、想像もつかない。

だが楢崎先輩は、苦笑いでこう言った。

「俺が、あいつの前でお前をチロ呼ばわりするからさ。俺にヤキモチを焼いてやがるんだ」

「そんな、まさか……」

俺は呆然としてしまった。

そういえば、楢崎先輩が最初に俺をチロと呼んだとき、茨木はやけに激しく羨《うらや》んでいた。あれはてっきり冗談だと思っていたのだが……。

「で、でも、冷たくするって、具体的にどういうふうに？」

「あの野郎、俺が気に入った品物に限って、延々と品切れ状態のまま放っといたり、仕入れをやめたりしやがる！」

「ぶっ……そ、それこそまさか……。先輩、ちょっとだけ被害妄想なんじゃ……」

「本当だ！　なんなら、今度本人に訊いてみろ。俺はお前のせいで、そういう陰湿なプチ虐《いじ》めに耐えるはめになってるんだからな」

「……っていうか……もしかして先輩、売店で俺に会ったとき、必要以上にチロを連発するのは………」

俺の問いかけに、檜崎先輩は胸を張って即答した。

「無論、嫌がらせだ！　一方的に虐められるのは、性に合わんからな」

「ちょ……俺をネタに、そういうのはやめてくださいよ……」

俺はガックリと項垂れた。そうなってくると、もはや先輩と茨木、どちらがどちらを虐めているのだかわかったものではない。

「まあ、それはともかくだ」

小さく咳払いして、檜崎先輩は真顔に戻った。

「あいつがお前に惚《ほ》れてるのは間違いない。俺が保証してやる」

「そんなこと、保証されても……」

「それより問題は、お前のほうだろうが。茨木相手にドキドキするってことは、お前もあいつにその気なのか？」

「……それが……」

俺は思わず俯《うつむ》いてしまった。相談を持ちかけてはみたものの、どこからどの程度喋ればいいかわからないし、そもそも俺は、自分の気持ちがよくわからないまま今日まできてしまったのだから。

困惑が、そのまま顔に出ていたのだろう。

ウェイトレスが飲み物を置いて去って行くまで無言でやり過ごし、楢崎先輩は苦笑いでテーブル越しに手を伸ばした。

俺の額を指先でピンと弾《はじ》き、さっきよりは少し優しい目で俺の顔を覗き込む。

「ちゃんと話してみろ。何がどうなってんのか、さっぱりわからんだろうが」

「は、はい」

その声の温かさに励まされ、俺は勇気を振り絞って、これまでのことをかいつまんで話した。

アメリカから帰国して、初めてまともに喋ったのが茨木だったこと。

仕事帰りに駅で会い、一緒に食事をしてから、急速に仲よくなったこと。

毎日売店で茨木と顔を合わせ、ちょっとした会話をするのが、ささやかな楽しみであったり、疲れた心の慰《なぐさ》めであったりしたこと。

最初は顔見知り、次に友達、そして……いつしか彼の笑顔を見るたびに、胸がドキドキする奇妙な自分に気づいていたこと。

それから、あの夜の一連の出来事……。

要領を得ない俺の話を、指先でイライラとテーブルを叩きながらも黙って聞いてくれていた楢崎先輩は、つまらなさそうに鼻を鳴らした。

「で、結局のところ、お前はあの野郎に泣かれてほだされて、好きだと口説かれてその気になって、駄目押しでキスされて落とされたってことか？」

「そ、そういうわけじゃないですよ。茨木さんは、忘れてくれって言いましたし」

「は？　キスまでしておいて、忘れろだ？」

「そうなんですよ……。どさくさだけど、好きだって告られた気もするし。それなのに、忘れろって言うし、本人も前と変わらない態度だし、俺、もうどうしたらいいか……」

「どうしたらって、自分の気持ちの問題だろうが。お前はあいつが好きか嫌いかどっちなんだ」

「そりゃ、あんなことがあってもほぼ毎日会ってんですから、好きは好きですよ」

「だったら」

「だけど俺、これまで好きになったのもつきあったのも女の子ばっかだし、ホモじゃないと思うし……。だから、そういう意味で茨木さんを好きなはずがないと思うんです」

「なるほど、固定観念に縛られている、か」

ボソリと呟いたきり苛ついた顔でしばらく黙りこくっていた楢崎先輩は、おもむろにこう言った。

「……お前、今夜、時間あるか？　ちょっと早く上がれるか？」

「え……はい、べつに勉強会も飲みも予定はないですから、大丈夫ですけど」

「だったら……俺んちに来い」

「え？　先輩のお宅に、ですか？」

唐突な誘い……というか命令に、俺は呆気《あっけ》にとられて問い返す。

「俺んちに来たいとずっとせがんでたのは、お前だろうが」

「そ、そうですけど。でも、先輩、取り込み中だから駄目だって……」

「もう取り込み中は終わったんだ」

「は、はあ」

先輩の部屋に行きたがったのは事実だが、今、このタイミングで、先輩が俺を招待してくれる理由がさっぱりわからない。

先輩は指先でこめかみをカリカリと掻いて、少し困った顔で言った。

「お前の悩みはわかったが、俺にはアドバイスをしてやることができそうにない」

「……はい」

「だから、うちに来て晩飯を食え」

「いやあの……先輩、何が『だから』で、どうして晩飯の話になるのか、わかんないんですけど」

「いいんだ！　来ればわかる……たぶん」

「そう……なんですか？」

「そうなんだ。八時に来い。いいな?」

妙に強く念を押され、俺は仕方なく頷いた。

「わかりました。じゃ、伺います」

「よし。というわけで、俺は医局に戻る。お前も、海外帰りであんまりさぼってると、職場の居心地が悪くなるぞ。じゃあ、夜にな」

そう言い残して、楢崎先輩はせっかく注文したアーモンドオーレには手もつけず、伝票を持ってレジに行ってしまった。

「なんなんだろ……」

茨木とのことを相談して、なぜ夕飯に招待されたのかは謎《なぞ》のままだが、ともかく行ってみるしかあるまい。

俺は自分が注文したアイスコーヒーを一息に飲み干し、ますます混乱した頭で立ち上がった……。


その夜、俺はいったん自宅に戻り、シャワーを浴びて着替えてから、楢崎先輩の家に向かった。

向かったといっても、一つ上の階へ行くだけのことなのだが。

俺が今住んでいるのは、築七年の、設備のわりに安い分譲マンションだ。

安さの理由は、繁華街への交通の便がいささか悪いことなのだが、一方で、俺が勤めているK医大には、遠すぎず近すぎずの絶妙な距離にある。

それで、このマンションにはK医大に勤務する医師が多く住んでおり、俺も、転勤した医局の先輩から、今住んでいる部屋をかなり安く譲ってもらった。

十五年のローンを組んだので、まだ自分の城という気はしないが、ともかくも2LDKの、一人暮らしには十分すぎる快適な住まいだ。

先輩の部屋は、五階の角部屋だった。角部屋は確かほかの部屋より少し広いはずなので、たぶん3LDKだろう。玄関前にも、ほかの部屋にはないアルコーブがついている。

(さすが先輩、同じマンションっていっても、俺より二回りはリッチだなあ)

そんなことを思いながら、俺はインターホンを押し、緊張して待った。

先輩の家を訪問するからといって、スーツはあまりにも堅苦しい。かといって、部屋着ではちと気安すぎるだろう。

無難なところで、まだ新しいポロシャツとチノパンにしたのだが、本当にこれが正解かどうか、自信が持てないままだ。

手土産《てみやげ》も、何も考えずにケーキを買ってきてしまったが、よく考えたら男が男の部屋を訪問するのに、ケーキはないものではないだろうか……。

「俺、もしかしなくても馬鹿だよなあ。なんで酒のつまみとかにしとかなかったんだろ」

とはいえ、店でどれにしようか決めかねて結局五個も買ってしまったし、ほかに持って行けるようなものもない。

俺は可愛らしいケーキの箱を抱え、オドオドして待った。

耳をそばだてていると、扉の向こうから、こちらに向かって歩いてくる足音が聞こえる。

「?」

楢崎先輩にしては、やけに威勢がいい。もしかして、とても忙しいときに俺は来てしまったのだろうか。

「でも……八時に来いって指定したの、先輩だし」

やや困惑している俺をよそに、勢いよく扉が開いた。半ば反射的に、俺は用意していた挨拶の言葉を口にする。

「き、今日は、お、おま、お招き……ねき……ねき?」

だが、顔を出した人物を見て、俺の挨拶は途中で止まってしまった。

俺を出迎えてくれたのは楢崎先輩ではなく、ものすごく大柄な青年だったのだ。

しかも、初めて会う人ではなかった。ただ、どうして彼がここにいるかが、さっぱりわからない。

なぜなら彼は……。

売店に大人気の手作り弁当を卸している定食屋、「まんぷく亭」バイト店員の間坂君だったからだ。

「えっ？」

呆気にとられた俺を見て、間坂君も一瞬驚いた顔をした。だが、そのよく日焼けしたワイルドな顔に、たちまち笑みが広がっていく。

「あっ、お客さんって……チロって、京橋先生のことだったんだ。やった、嬉しいなあ。いらっしゃい！」

「いや……あの、あれ？　俺、楢崎先輩んちに……来たんだよ、な？」

「そうだよ！　さ、入って入って！　今日も蒸し暑かったけど、夜になってちょっと涼しくなってよかったね」

売店で会ったときよりさらに人懐っこい笑顔と口調でそう言って、間坂君は大きな身体を扉に押しつけ、俺のためにスペースを空けてくれる。

「う、じ、じゃあ、お邪魔します」

何がなんだかわからないままに、俺は楢崎家へと足を踏み入れた……。

中に入ってみると、間取りは俺の部屋と基本的に変わらない。ただ、通されたリビングは、角部屋だけあって俺の部屋よりずいぶん広く、窓も大きい。置かれたソファーセットだって、とてもお洒落《しゃれ》で高そうだ。

「おう、来たな」

楢崎先輩は、三人がけの大きなソファーにどっかと座っていた。ラフな部屋着姿で、風呂《ふろ》に入ったのだろう、髪が湿っている。昼間はキチンと分けている前髪が額に被《かぶ》さっているせいで、いつもより若く見えた。

「ど、どうも……その、こんばんは」

「何をかしこまってる。こっちに来てくつろげ」

「は……はあ」

手招きされて、俺はおずおずと先輩の横に腰を下ろした。

「もうすぐご飯ができるから、それまで軽く飲んで待っててね」

すぐに間坂君がやってきて、ガラスのローテーブルにビール瓶と綺麗なグラスと、それから茹《ゆ》でたての枝豆をどっさり盛った竹ザルを置いてくれる。

そんな間坂君に、楢崎先輩はとても自然な仕草で、俺の持ってきたケーキの箱を手渡した。

「これ、もらったぞ。ケーキらしいから、食後にいただこう」

「うん、わかった。冷蔵庫に入れとくね。ありがとうございます！」

定食屋で帰り際に聞くのと同じ調子で「ありがとうございます」と言い、間坂君は大きな身体で小さなケーキの箱を大事そうに持ち、台所へ去っていく。

「ま、今日はお疲れ。それと、ようこそ我が家へ、だな」

それぞれのグラスにビールを満たすと、楢崎先輩はそう言って、グラスを持ち上げた。俺も慌てて自分のグラスを持ち、先輩のグラスに軽く合わせる。

「今日は、お招きいただいてありがとうございますっ」

乾杯して一口飲んだビールは、とてもよく冷えていて美味《おい》しかった。

先輩はまだ盛大に湯気をたてている枝豆を頬張りながら、キッチンのほうに顎をしゃくってみせた。

「かさばるだろ、あいつ」

「……っていうか、先輩。なんで、間坂君がここに？　もしかして、兄弟……じゃないな、名字が違うから。従兄弟《いとこ》とかですか？」

「ありえない。全然似てないだろうが」

「ですよね……じゃあ、どうして？」

「ここに住んでるからに決まっている」

どこかふてくされたように投げやりにそう言い、楢崎先輩は枝豆の空っぽの鞘《さや》を手の中で弄《もてあそ》びながら、横目で俺をチラと見た。

いつもは冷淡な表情を崩さない先輩が、やけに気恥ずかしそうな顔をしている。その表情を見れば、鈍感な俺でもさすがにピンときた。

「まさか……その、まさか間坂君は……ってややこしいな、ええと、先輩と間坂君って……そういう関係、なんですか？」

「非常に理不尽かつ不本意ながらな」

楢崎先輩はじつにあっさりと頷き、気乗りしない様子で、それでも彼とのなれそめを語ってくれた。

どうやらアメリカに留学する少し前に、先輩と間坂君は、医者と患者として出会ったらしい。

先輩が当直バイト中だった市中病院に、ある夜、建築現場で働いている最中に低血糖発作を起こした間坂君が担ぎ込まれてきたのだそうだ。

当時、天涯孤独な上、大学の学費を貯めるために食費を切りつめてバイトに明け暮れていた間坂君を見かねて、先輩は診察のあと、彼に中華料理をご馳走《ちそう》し……そのときにはすでに、間坂君のほうが先輩に一目惚れしてしまっていたらしい。

「じゃあ、それからつきあい始めたんですか？」

素直にそう訊ねたら、楢崎先輩はひどく迷惑そうに顔を顰《しか》めて手を振った。

「冗談じゃない。俺にはそんな気はまったくなかった。だが、あいつが……」

「俺が、先生に泣きついて押し倒させてもらったんだ！　って、あいてッ！」

いつの間にこちらに来ていたのか、間坂君の声が頭上から降ってくる。弾かれたように立ち上がった楢崎先輩は、頭半分長身の間坂君の頭をポカリと殴った。

「お、お、おしたおし……」

アワアワする俺をよそに、楢崎先輩はもう一発間坂君の頭を殴って、声を荒らげた。

「そういう生々しいことを無邪気に言うな！　おとなしく台所で料理に専念してろよ、お前は！」

まなじりを吊《つ》り上げて怒鳴る楢崎先輩はまるで怒った猫のように迫力満点で、けれど間坂君は少しも動じず、クスクス笑いながら両手を上げて降参のポーズをした。

「ごめーん。でも先生ってば、そうやって俺をメロメロにしておいて、何も言わずにアメリカに一年も留学しちゃったんだよ、京橋先生。ひどいと思わない？」

「おい、また余計なことを……」

「え？　まさか楢崎先輩、そ、そ、そういうことをしておきながら、間坂君に黙ってアメリカに？」

どうやら、俺の驚きポイントは、この家に来てからのわずかな時間で、すっかり狂ってしまっていたらしい。

本来ならば、楢崎先輩が間坂君とそういう関係であることにも、クールな楢崎先輩がギャンギャン怒って感情を露《あら》わにしていることにも……まあ、相手が大柄な間坂君だから仕方がないとしても、あの！　楢崎先輩が、その……抱かれる立場であることにも驚愕してよかったのだが、実際に俺が真っ先に言葉に出した驚きは、そこだった。

楢崎先輩も、苦り切った顔で言い返す。

「俺には、こいつとグダグダつきあう気なんか、これっぽっちもなかったからな。迂闊にほだされて一度寝たくらいの相手を、いちいち気にかけていられるほど暇じゃないんだ」

「ひー……い、い、一度寝たくらいって」

ソファーから立ち上がることもできず絶句する俺に、間坂君は真っすぐな眉《まゆ》を情けなくハの字にして笑った。

「ね、すっごく薄情だったんだよ～、楢崎先生ってば。でも俺のほうは、いったん惚れたら一直線だからね！　先生が帰国するまで、先生のマンションの前で毎晩待ってた」

「ちょっと待ってくれよ。それってもしかして、一年間ずっとってこと？」

「うん、ずっと。だって、いつ帰ってくるか、俺知らなかったんだもん。それで、やっと帰ってきた先生をつかまえて、わんわん泣いて口説き倒して、ついでにここに住み着いちゃったんだ」

そんなすごいことを、素晴らしく爽やかな口調でハキハキ語られても困る。

「泣いて……く、口説き倒して……」

「うん。押しかけ女房ってやつ？　それで、もうすぐ半年になるかな。バイトは続けながらここに置いてもらって、家賃代わりに家事をやってるんだ。洗濯とか掃除とか、料理とか」

「な……なるほど」

「俺、料理だけじゃなくて、家事全般得意だからね！」

間坂君は、ちょっと自慢げに胸を張る。立ったまま眉間《みけん》に手を当てて黙りこくっていた楢崎先輩は、ようやく気を取り直したらしく、いつもの鋭い目で間坂君を睨《にら》みつけた。

「ったく、お前はペラペラと恥ずかしいことを……飯はできたのか、まんじ」

「うん、だからそろそろテーブルについて、って言おうと思ってきたんだよ。仕上げてくるから、座っててね」

そう言って、間坂君はデタラメなメロディーを口ずさみながら、いかにも楽しそうに台所へ逃げていく。

深い溜め息をつく楢崎先輩を呆然と見ていた俺は、ふとさっきの先輩の言葉を反芻《はんすう》して首を捻《ひね》った。

「まんじ、ってのは、誰のことです?」

「ああ? もちろん、あいつだよ。フルネームは聞いたことがないのか。あいつは、間坂万《まん》次郎《じろう》というんだ」

「まさか……まんじろう……ぶッ」

あまりのクラシックな名前に、俺は思わず笑ってしまう。

「す、すいません、ちょっと意表を突かれすぎて」

慌てて口を塞いで謝ると、楢崎先輩もいつものちょっと意地悪そうな笑みを浮かべて肩を竦めた。

「気にするな。俺も最初、その名前を聞いたとき爆笑した。おかげで、かろうじてあいつの名前が記憶に引っかかっていたくらいだ」

「た……確かに、いっぺん聞いたら二度と忘れませんね」

「そうだろう？　いまだに、万次郎と呼ぶと笑っちまうからな。縮めてまんじと呼んでいるんだ。……まあ、とにかく飯にしよう。グラス、持ってきてくれ」

「あ、はい」

俺は二つのグラスを持って、楢崎先輩についてダイニングに移動した。

キッチンと間続きのダイニングには、もういい匂《にお》いが漂っている。三人分の食器がセットされたテーブルに、俺は楢崎先輩と向かい合う「おひとり様席」についた。

自然と、今は台所にいる間坂君の席は、楢崎先輩の隣ということになる。

あるいは、いつもは俺の今座っている場所が、間坂君の指定席なのではないだろうか……などと考えていると、「お待たせ！」という元気な声とともに、間坂君が両手に大皿を持って登場した。

大皿の一枚には、細く切り揃《そろ》えた大根やプチトマトやサラダ用のほうれん草、それに軽くソテーした貝柱やカリカリに揚げたちりめんじゃこを合わせた、美味しそうなサラダがたっぷり盛りつけられていた。

そしてもう一方の皿には……これ以上ないくらいカリッときつね色に焼き上がった餃子《ぎょうざ》が、

ぎっしりと綺麗に並んでいる。

「うわあ……！」

思わず歓声を上げた俺に、間坂君はちょっと得意げに、そして照れくさそうに笑った。

「もっと早く聞いてたら、凝《こ》ったもの作ったんだけど」

「十分だよ。俺、一人暮らしだから、野菜がどうしても不足するしね」

「そう思って、サラダをどかんと作ってみたんだ。あと、餃子はニンニク抜きだから、安心して食べて！」

そう言いながらも、間坂君は忙《せわ》しくダイニングとキッチンを往復してほかにも酢の物やらスープやらを運んでくる。

テーブルの上は、あっという間にすごい賑《にぎ》わいになった。料理はどれも豪快な大盛りだが、ちっとも気取りがなくて、何よりとても旨そうだ。

「さ、食べて食べて。気に入ってもらえるといいんだけど」

ようやく楢崎先輩の隣に腰を下ろした間坂君は、俺に料理を勧めながら、ちょっと心配そうな顔つきをした。

そこで俺は、乾杯もそこそこに餃子に箸《はし》を延ばした。

「うん、旨い！　店で食べるのより全然旨いよ、これ」

グルメ評論家ではない俺には、旨いものは旨いとしか言えない。でも、気持ちは十分に通じたらしい。間坂君は、「よかった！」と顔をほころばせる。

「旨いだろう。こいつ、料理の腕だけはけっこうなもんなんだぞ」

楢崎先輩は、まるで自分の手柄のようにそう言った。俺も、ビールと餃子という至福の組み合わせを味わいつつ、相槌《あいづち》を打った。

「はい、ホントに旨いです。……っていうか、よく考えたら、俺、間坂君の料理の腕は知ってるんだよな。ズルして、茨木さんに弁当取り置きしてもらってるから」

「あ、マジ？ それも嬉しいなあ」

「………」

間坂君は開けっぴろげに喜び、それとは対照的に、楢崎先輩は弁当と聞いた途端、ちょっと奇妙な顔になった。

その顔には、見覚えがある。確か、病院の売店で……。

「あれっ？」

それまでバラバラだったことがらがいきなり一直線に繋《つな》がり、俺は思わず箸を持ったまま奇声を上げてしまった。

「ど、どうしたの？ 何か嫌いなもの入ってた？」

「あ、いや、そんなことない」

間坂君の心配をかぶりを振って打ち消しつつ、俺の頭の中には、過去の記憶が甦っていた。

確か、俺が茨木に、「まんぷく亭」に弁当を頼んだらどうかとアドバイスしたとき、居合わせた楢崎先輩は、今とまったく同じ変な顔をした。そしていったん店を出てから、俺を医局に追い払い、自分は売店に戻って行ったのだ。

さらに茨木は、俺以外の人間からも「まんぷく亭」の評判を聞いたので、早々に弁当の依頼をしたのだと言っていた。

そして今日……。俺は、楢崎先輩と間坂君が知り合い……どころではなく、もはや同居している恋人らしき関係であることを知らされた。

もしかすると……いや、もしかしなくてもたぶん……。

「先輩、ひょっとしたらあのとき売店で……」

「わーッ！　わーわーわーわー！」

俺が何か言いかけるが早いか、先輩はすごい大声を上げて、両腕をぶんぶん振り回しながら立ち上がった。右手には箸を持ったままのその姿は、病院での彼からは想像もつかない間抜けっぷりだ。

「せ、先生？」

間坂君はポカンとして、そんな先輩を見上げている。

「な……な、なんでもない。なんでもないぞ、まんじ！」

上擦った声でそう言いながら、楢崎先輩は必死に、何も言うなと俺に目配せしてくる。

どうやら、俺の推理は大当たりだったらしい……が、今ここでそれを口にするのは、たいそうまずいことでもあるらしい。

「う、うん、なんでもない。なんでもないよ間坂君。ねえ、先輩」

俺が慌てて不自然な相槌を打つと、先輩は今度はこくこくと高速で何度も頷いた。

「は……はあ。なんでもないにしては、二人揃ってすごいリアクションだよ？」

「そ……そ、そ、それがっ、先輩後輩の絆《きずな》というものだ！」

「そうそう！　その……ええと、先輩が様子おかしいときは、後輩もおかしくならなきゃなんだよっ、間坂君！」

「そういう……もんかなあ。まあいいや、とにかく、冷めないうちにもっと食べてよ」

先輩の言い訳と俺のフォローはとても自然とは言いがたいものだったが、幸い、間坂君は俺たちの態度より、自分の作った料理が気になるらしく、あっさりと納得してくれた。

「………」

先輩はドスンと席に座り、駄目押しの牽制《けんせい》をするように俺をジロリと睨んでから、バクバクとすごい勢いでサラダを食べ始める。

「食べる、食べるよ。すっごく旨いもん」

俺も、どうしようもなくこみ上げてくる笑いを噛み殺しつつ、一度に二つ、餃子を口に放り込んだ。

食後、俺と楢崎先輩は、居間に移動して、間坂君が用意してくれたコーヒーと、俺が持ってきたケーキでデザートを楽しむことにした。

先輩は、五種類のケーキをさんざん吟味した挙げ句に超スタンダードなショートケーキを選び、俺はモンブランをもらった。

間坂君はといえば、プリンアラモードを選ぶだけ選んだもののまだ手をつけず、台所で鼻歌を歌いながら後片づけに励んでいる。

せめて洗い物は俺が、と思ったのだが、楢崎先輩にそんなことは不要だと突っぱねられ、居間に連れてこられてしまった。

「間坂君、かいがいしいですねえ」

しみじみそう言うと、楢崎先輩は、自分が褒められでもしたような、妙にくすぐったそうな表情で肩を竦めた。

「まあ、な。居候してるから、その分身体で返してやがるだけだが」

言葉は素っ気ないが、口調がどこか甘い。なんだか今日は、これまで見たことがない、すごく人間くさい楢崎先輩の姿を山ほど見せてもらった気がする。

「やっとわかりましたよ。俺が昼間に男が男に……って話をしたとき、先輩がものすごく慌てた理由」

檜崎先輩は、渋い顔で頷いた。

「まったく、なんの呪《のろ》いかと思ったぞ。帰国そうそうあいつに押しかけられて、今度は留学中に懐いてきたお前がそうなのかと」

「懐いてきたって、また俺のことを子犬みたいに……」

「似たようなものだ」

そんな反論できない憎まれ口に対抗して、俺は、さっき確かめ損ねたことをもう一度話題にしてみた。

「そういえば、先輩……。さっきは妨害されて言えませんでしたけど……」

「う、うむ」

「先輩でしょ、茨木さんに『まんぷく亭』の話をしたのは。あのとき、ひとりで売店に引き返して、間坂君のことを売り込んだんですね？」

「シッ、声が高い」

低い声で俺をたしなめてから、檜崎先輩は眼鏡越しに俺を睨みながら釘《くぎ》を刺してきた。

「そうだ。だが、まんじにはそのことは絶対に言うなよ」

「どうしてです？　べつにいいじゃないですか」

「あいつが、すごく喜んで張り切ってるからだ」

「？　大好きな先輩の推薦だと知ったら、よけいに喜ぶんじゃないんですか？」

「そうならいいが、俺がコネを使って、身内贔屓で推薦したと思ったりしたら、傷つくだろう」

「でも、そうじゃないんでしょう?」

「事実は違うが、そう思われては心外だ、ということだ。あいつはああ見えて、繊細なところだってあるんだからな。妙な勘ぐりや失望をさせたくないんだ」

先輩は真剣な面持ちでそう言った。俺は、そんな先輩を見て、モンブランにフォークを突き刺したまま固まってしまう。

「……何か文句でもあるのか?」

「いえ……あの、なんていうか、さっきまでの話の流れだと、間坂君が一方的に先輩に片思いして、押しかけ同居に踏み切ったようなことになってましたけど……」

「そのとおりだが?」

「でも、あの……やっぱり、楢崎先輩も、間坂君のことがちゃんと好きで、気にかけてるんだなあって思いました」

「チロのくせに、わかったようなことを言いやがる」

どう見ても照れ放題に照れた顔でそう言った楢崎先輩は、しかし俺を見て、ぽつりと一言こう言った。

「まあ……そういうことだ」

「え？」

「昼間のお前の問いに対する答えになっているかどうかは知らんが、まあヒント程度にはなるんじゃないかと思ってな」

「……っていうと？」

「まあ、男が男に云々《うんぬん》という点については、俺は前から、男でも女でもいける口なんでな。あまり参考にはならんだろうが」

「そ、そうだったんですか」

俺は思わずケーキ皿をローテーブルに戻し、姿勢を正す。

榴崎先輩は、長い脚をゆったり組んでソファーに身を沈め、ごく自然な口調で話を続けた。

「ただ俺は、誰とも深い関係にならないというのが信条だったんだ。お互いを束縛しない、軽いつきあいのほうが気楽でいい……そう思ってきた。いや、今もそう思っている。それが、俺の断固たるポリシーだったんだ。それなのに、このザマだ」

榴崎先輩の視線は、キッチンのほうへ向けられる。

「十も年下のガキにいいように振り回されて、気がついたら懐に潜り込まれてた。しかもそれが、存外悪くない」

「……悪くないっていうか、けっこう幸せそうですよ、先輩」

「恥を忍んでプライベートを見せてやったんだぞ。冷やかすな、馬鹿」

ふてくされたようにケーキを頬張った楢崎先輩は、けれどいつもよりずっと柔らかな声でこう言った。

「まあ……俺が言ってやれるのは、固定観念や先入観やこだわりを捨ててみるのも、時にはいいんじゃないかってことくらいだ。新しい自分が発見できるかもしれんぞ」

「新しい……俺、ですか」

「ま、それがいいか悪いかは、俺の知ったこっちゃないがな。それと……茨木へのお前の気持ちは、やっぱりお前自身が確かめてみるしかないだろう」

「確かめる？　どうやってです？」

なんださっきからオウム返しばかりで、頭の悪い小学生みたいだ……と思いつつ、俺は楢崎先輩の端整な横顔を見た。

先輩は、イチゴの載っているところだけを器用に残してケーキを食べながら、あっさり言った。

「やり方くらい、自分で考えろ。茨木の奴が自分からアクションを起こさないなら……そしてお前が今のままでは耐えられないというなら、お前が動くしかなかろうが」

「…………」

「最初は、茨木がお前に仕掛けた。だったら次は、お前が仕掛けてやりゃいい。お前の気持ちと、ついでにあいつの真意を確かめるためにな」

「うーん……」

考え込んでしまった俺の頭を軽く小突いて、楢崎先輩はニヤリと笑った。

「口を開けて待ってるばかりでは、餌《えさ》は落ちてこないぞ。それに、相手が女だろうと野郎だろうと、真剣にぶつけられる気持ちってのは、誰だって悪い気がしないもんだ」

そう言って、先輩は最後に残したイチゴとその下のケーキを、とても幸せそうに一口で頬張った。

アメリカでも何度か楢崎先輩のアパートメントにお邪魔したが、そのときの先輩は、親切ではあったけれど、もっと冷ややかで硬質な雰囲気を纏《まと》っていた。

けれど今、間坂君と一緒にいるこの部屋では、先輩はもっと自然で、表情豊かで……時々、可愛らしくすら見える。

これはやはり、間坂君がもたらした変化なのだろうか。それとも、楢崎先輩の中に元からあったそういう性質が、間坂君と一緒にいることで引き出されたのだろうか。

「……そっか……」

何かが、胸の中でストンと落ちた気がした。

あの夜から、俺はただひたすら、茨木が新しいアクションを起こしてくれないことに苛立ち、不安を募らせていた。

おまけに、自分が茨木に恋することなどありえない、そんなことはおかしいと、頑《かたく》なに決めてかかってきた。自分の気持ちを理解しようとしなかったから、苦しかったのだ。

けれど……。自分の心に正直に向き合って、自分から行動を起こせばいいのだと、今わかった。

少なくとも、あの夜茨木が俺にぶつけてきた想《おも》いに、俺はきちんと答えを出さなくてはならない。

茨木は忘れてくれと言ったが、俺が忘れていない以上、俺の中には、あの夜のあいつの気持ちがしっかり生きているのだから。

「それとな、チロ」

「はい？」

楢崎先輩はケーキ皿を膝《ひざ》に置いたまま、もの思わしげな表情をした。

「その、茨木がとても取り乱していた夜のことだが……」

「は、はい」

「その理由に、あるいは関係があるかもしれないことを思い出した」

「えっ、ホントですか？」

思わず俺は、ソファーの座面に手をついて楢崎先輩のほうに身を乗り出す。

先輩は、ふかふかした背もたれに体を預けたまま、躊躇いがちに頷いた。

「……さんざん迷ったんだ。こういうのは、ペラペラ喋っていいことじゃない。医者ってののは、ことさら人様のプライバシーには気を配らなきゃならん職業だしな」

俺はギョッとして、楢崎先輩を見た。

「先輩、医者はってことは、もしかして茨木さん、どっか悪いんですか？　まさか、先輩の患者なんですか？」

だが楢崎先輩は、曖昧《あいまい》に首を傾《かし》げた。

「いや、そうじゃない」

俺のほかに聞く者はいないのに、楢崎先輩はいっそう声を潜めて言った。

「消化器外科に入院したものの、精査の結果、たまに病巣は脳内にあったってケースがある。で、そういうときは脳神経外科に送るんだが、内科的なケアが必要な場合は、俺たちも共同して治療にあたるんだ」

まるで実習中の学生に講義するような調子で、先輩はそんなことを言い出す。俺は首を捻りつつも、素直に頷いた。

「はあ。それが？」

「脳外の外来や病棟で、何度か茨木の姿を目にしたことがある。あいつのほうは、俺には気づいていないようだったが」

「脳外の？　それって、茨木さん、脳に何か病変が⁉」

「どうだかな。それ以上のことは、俺は知らん。お前が確かめるといい。……ただ」

「ただ？」

「俺があいつなら、いくら惚れた相手とはいえ、勝手にプライバシーを探られりゃ、いい気持ちはしないだろうと思う」

「……ですよね」

「それだけは警告しておくが、あとは忘れるなり気にするなり、お前の好きにしろ」

楢崎先輩はいかにも彼らしい突き放すような口調でそう言い、すっかり冷めたコーヒーを一息に飲み干した。

そこへ、コーヒーポット片手に間坂君がやってくる。

「洗い物終了！　コーヒーのお代わり入れてきたよ。飲むでしょ？」

先輩は、当たり前だと言わんばかりにカップを突き出す。先輩と俺のカップにコーヒーのお代わりを注《つ》いでくれてから、間坂君は先輩の隣に腰を下ろし、プリンアラモードを手に取った。

「なんの話、してたの？」

問われて、楢崎先輩は素っ気なく答える。

「べつに。職場の話だ」

「あー、そっか。同じ病院だもんね。いいなあ、共通の話題があって」

そんなことを言いながら、間坂君はプリンの上に載っていたイチゴを、スプーンで生クリームごとすくい取った。

そしてそれを、ごく自然に楢崎先輩の口元に持っていく。

「はい先生。イチゴあげる。好きでしょ。あーん」

あまりの光景に驚愕しつつ見ていると、楢崎先輩のほうも、「おう」なんて言って、これまたなんの躊躇《ちゅうちょ》もなく口を開け……たところでハッと俺に気づき、マンガのようにぱくんと口を閉じた。

「そ、そ、そんなことをするわけがないだろうが、馬鹿！」

「えー？　そう？　あ、そっか。京橋先生がいるから。じゃ、あとであげるね」

先輩はトマトみたいな顔をして焦っているが、間坂君は笑ってさらりと流す。

ということは、おそらくその……なんというか「はい、あーん」「あーん」というようなファンシーなやり取りが、彼らの間で日常的に行われているということなのだろう。

（うわあ……。あの楢崎先輩が……。超クールな先輩が、「あーん」って！）

その光景を想像しただけで、俺はたちまち顔面崩壊の危機に襲われた。しかし、笑ったらたぶん、いや絶対、先輩に瞬殺される。

俺は、片手で顔面を隠しつつ、おもむろに立ち上がった。

「そ、そのっ。時間ももう遅いですし、俺、失礼します！　今日はどうも、ごちそうさまでした ッ！」

「お……おう」

先輩も、明後日の方向を向いたまま、赤い顔で頷く。

「えー、もう帰っちゃうの、京橋先生。でも、明日も仕事だもんね。仕方ないか」

残念そうにしながらも、間坂君は手早く残り物をタッパーに詰めて持たせ、玄関まで見送ってくれた。

「また、晩飯食いに来てね！」

そんな嬉しい言葉に送られて自分の部屋に帰りつつ、俺は思わず片手で火照った顔を扇《あお》いだ。飲んだ酒のせいだけではなく、楢崎先輩と間坂君にあてられてしまったらしい。

「なんか……もう、ビックリしたな」

思わず、そんな呟きがこぼれる。

けれど、楢崎先輩が俺を自宅に招き、間坂君と引き合わせてくれた理由が、なんとなくわかった気がした。

出会いがどうであれ、傍目《はため》にはその関係がひどく不釣り合いなものであれ……そして最初こそ間坂君の一方的な片思いであったとしても、楢崎先輩はとても幸せそうに見えた。

それはきっと、間坂君がぶつけた想いを先輩がきちんと受け止めて、彼に真剣に向き合ったからだろう。そうしてお互いに心を通わせたからこそ、あんなに温かな雰囲気が、先輩の部屋には満ちていたのだろう。

俺が茨木の気持ちに向き合ったからといって、同じような現象が起こるとは限らない。けれど、すれ違ったままでは、一生何も起こらず、そのうち時の流れに別々の方向へ押しやられ、俺たちはいずれ疎遠になってしまうのだろう。

そんな中途半端な別れ方だけはしたくない。

それに、楢崎先輩が教えてくれた、「脳神経外科の外来や病棟で茨木の姿を見かけた」ということも気になる。

もし、彼が何か深刻な病気を抱えているなら、よけいにグズグズしている暇はないはずだ。

「……よし！」

通路から曇りがちな夜空を見上げ、俺はひとつ、深い深呼吸をした……。

*　　　*

翌日の夕方、俺は売店に向かった。

本当はもっと早く行きたくて気が急《せ》いていたのだが、どうしても仕事の手が空かなかったのだ。

売店の営業時間は終わっていたので、入り口の扉は閉ざされ、閉店の札が下がっている。

けれど、扉の隙間から店内の灯《あか》りが透けて見えていたので、俺は扉をノックしてみた。

返事はない。

だが、何度もしつこくノックしていると、やがてこちらに向かってくる足音が聞こえた。

『大変申し訳ないんですけど、今日はもう閉店しておりまして。明日の朝、来てくださると助かります』

茨木の声だ。本当にすまなそうな声に、開けてあげたいけれど規則だから、という葛藤《かっとう》が滲《にじ》んでいる。

「あの、俺。京橋だけど」

声をかけると、「えっ？」という声が聞こえたかと思うと、がちゃりと鍵《かぎ》が回る音がして、扉が開いた。Tシャツとジーンズの上にデニムのエプロンをつけた茨木が現れる。

「京橋先生？　どうしました、お弁当はご指示のとおり、医局の秘書さんに言づけておいたんですけど」

「あ、うん。ありがとな、助かった。今日、外来が忙しくて。……今、中に入ったら迷惑か？」

いろいろ考えていたら昨夜はろくに眠れず、朝から働きづめだったので、我ながら声に元気がない。しかも、緊張しているのでどうにもぶっきらぼうな物言いになってしまった。

けれど茨木は、微笑して扉を大きく開けてくれた。

「まさか。あなたならいつも大歓迎ですよ。どうぞ」

「……ごめんな、閉店後に」

「いえいえ。ゆっくり選んでください。まだレジは閉めてませんから大丈夫です」

俺を中に入れてから、茨木はカウンターの向こうへ行ってしまった。

どうやら、事務作業の最中だったらしい。カウンターの上には、書きかけのポップや注文伝票が散らばっている。

俺は少し離れたところから、マーカーを手に真剣な顔でポップを書いている茨木を見ていた。

一日働いたあとなのだから当たり前なのかもしれないが、茨木の目元には、濃い疲労の色が滲んでいた。心なしか、顔色も悪い。

「……ふう……」

ポップを一枚書き終えた茨木は、片手でこめかみを揉《も》みほぐすような仕草をした。それから、カウンターの片隅に置いてあったミネラルウォーターのペットボトルを引き寄せ、エプロンのポケットから何かを出した。

見れば、彼の手の中にあるのは薬包である。中身の白い錠剤が見えた。

（あれは……！）

俺はギョッとした。そんな俺の視線に気づいたのか、茨木はふと顔を上げ、俺を見て小首を傾げた。

「どうしました？　お探しの品物が見つかりませんか？」

「あ、いや……」

俺はカウンターに歩み寄り、茨木にストレートに訊ねてみた。

「それ、なんの薬だ？」

「ああ、これですか。最近どうも頭痛がひどくて。胃が荒れるので、あまり薬は飲みたくないんですけどね」

平然とそう言いながら、茨木は錠剤を二つ手のひらに出し、水で喉《のど》に流し込んだ。やはり、調子が悪そうだ。

頭痛という言葉に、俺の心臓は跳ねた。

（頭痛って……もしかして、やっぱり？）

「具合、悪いのか？」

躊躇いがちに訊ねた俺に、茨木は少し困ったように微笑した。

「僕のことなど、気にしてくださる必要はありませんよ。それより、いったいどうなさったんです？　何か買いたいものがあって来られたのでは？　ハチミツ梅のど飴《あめ》も、ちゃんと補充してありますよ」

真剣に心配しているのにはぐらかされて腹が立ったが、来訪の目的を訊ねられた以上、まずはそこから片づけなくてはなるまい。

俺はゴクリと生唾《なまつば》を飲み、心を静めてから、改めて口を開いた。

「買い物じゃない。訊きたいことがあって来たんだ」

「はい？　僕にですか？」

「うん。……今さらだけど、あんた、俺のこと、恋愛の意味で好きなんだよな？」

眼鏡の奥の茨木の目が、大きく見開かれる。だが彼は、苦笑いで言った。

「ですから、そんなことはもう忘れてくださいと……」

「イエスかノーで答えてくれ」

強い調子で遮ると、茨木は数秒絶句し、それから真面目な顔で頷いた。

「……イエスです。恋愛の意味で、あなたのことがとても好きです」

あの夜以来聞いたことがなかった「好き」という言葉を茨木の声で聞かされて、心臓は早くもバクバクとうるさいほどの勢いで脈打ち始める。

でも今日は、何があってもこの問題にきっちりけりをつけると決めたのだ。俺は危機を訴える心臓を無視して、問いを重ねた。

「でも、俺がそれを迷惑がっていると思うから、俺に嫌われたくないから、その気持ちを出さずに我慢してる。そういうことなんだな？」

「……ええ、そうですよ」

思ったとおりのストレートな答えを、茨木は返してくれる。

そう、いつだって茨木は正直だったのだ。自分自身をきちんと見つめようとしなかったのは俺のほうで、そんな俺のために、茨木はずっと自分の気持ちを殺し続けていたのだ。

いったい俺が何を言いたいのかと、不思議そうにじっとこちらを見ている茨木を、俺も真っすぐ見返して言った。

「俺のことを気遣ってくれたことは嬉しいけど、でも……もう、我慢できないんだ。こういうの」

「えっ？」

「あんたは忘れてくれって言ったけど、やっぱり俺、どうしたってあのときのこと、忘れられない。その……あんたにキスされたこと」

「京橋先生、それは……」

「あの夜はとっちらかってそうなっちまったんだろって俺が訊ねたとき、あんたはそうだって言ってくれた。でも、嘘なんだろ？」

茨木は困り顔をしつつも、素直に答えてくれる。

「……ええ。嘘です。決して、一時の気の迷いやいい加減な気持ちであんなことをしたわけではありません」

「だったらさ……」

いよいよだ。俺はカラカラになった喉から、できるだけ落ち着いた声を絞り出した。

「だったら、もう、こんな不自然な関係はやめにしたいんだ。いろいろハッキリさせたい。だから、ちょっと顔、貸してくれないか」

そう頼むと、茨木はつらそうに目を伏せ、しかしすぐに視線を上げて俺を真っすぐに見返して言った。

「わかりました。でしたら、先生のご都合のよろしいときに……」

「いや、今」

「は？　いえ、今はちょっと……その、店の仕事も残っていますし、先生もまだお仕事中では？」

「時間は取らせない。今、ここで、一瞬で終わる」

気合いが入りすぎて、なんだか叩きつけるような口調になってしまっている。茨木がひどく痛そうな顔をしたのには気づいたが、俺のほうにも余裕がなさすぎて、どうすることもできなかった。

「一瞬で……終わる。それは、僕とあなたの関係を、今ここで清算するという意味ですね？」

「清算っていうか……スッキリさせるっていうか」

「僕のこの浅ましい心に、あなたが引導を渡してくださるわけだ」

ほとんど聞こえないような声でそう呟き項垂れた茨木は、やがてすべてを諦めたような笑みを浮かべて顔を上げた。

「わかりました。僕だって、それなら諦めがつくかもしれない。……心の準備はできました。どうぞ」

「じ、じゃあ……お言葉に甘えて」

俺は深く息を吸い込んだ。茨木は、この世の終わりみたいな顔をして、軽く俯く。

俺は、カウンターの向こう側に立っている茨木のシャツの胸ぐらを両手で鷲摑《わしづか》みにして、ぐいと引っ張った。

「うわっ……な、な……⁉」

不意を突かれてよろめき、開いた茨木の唇に、俺は思い切って自分の唇を押し当てた。

実を言えば、押し当てたというよりは、ぶち当てたというのが正しい。まるで中学生のファーストキスみたいに、互いの前歯がガチンと音を立ててぶつかった。

「ちょ……」

とっさに身を引こうとする茨木を逃すまいと、俺は奴のシャツを摑んだままの両手に力を込める。

まだ開いたままの下唇を軽く嚙んでやると、ようやく茨木は、俺が自分の意思でキスしているのだと気づいたらしい。強張っていた奴の身体から、少しずつ力が抜けるのがわかった。

それでも、俺が何度か角度を変えてキスを続けている間、茨木は一度もそれに応じようと

はしなかった。おそらく、こんなことをした俺の意図を理解できずにいたからだろう。茨木の唇は薄くて、少しかさついていて、そして温かかった。その感触は、あの夜とまったく同じものだ。

されるがままの茨木の唇を存分に味わってから、俺はゆっくりとキスをやめ、顔を離した。ついでに、茨木のシャツも解放してやる。

「ごめんな、不意打ちで」

乱れた胸元を直そうともせず、瞬《まばた》きすら忘れた様子で、茨木は俺を凝視している。

「か、顔を貸せというのは比喩《ひゆ》的表現ではなく……本当に、僕のこの顔を貸せということだったんですね……！」

俺は頷き、ケーシーの胸元に手を当てた。目を閉じて、しばらく自分の状態を慎重にチェックする。そうしてから、俺は安堵《あんど》の溜め息をついた。

「あー……なんだよ、すごくスッキリした」

「京橋先生？　いったい何がどうなって……」

「俺も、あんたがちゃんと好きみたいだ」

「……え？」

眼鏡の奥の目をパチパチさせる茨木に、俺は恥ずかしさを堪え、短い一言を叩きつけた。

「だから、好きだって！」

「………は？」

やっぱり初めての外国語を耳にしたような顔で、茨木はポカンとしている。

俺は、顔が燃えるように熱くなるのを感じつつ、喧嘩《けんか》腰の早口で言葉を継いだ。

「ずっと、いろいろ考えすぎて頭がスポンジみたいになってたから……。だからもう、考えるのやめたんだ。頭の中で理屈をこね回すんじゃなくて、もっと正直なところに訊ねてみようと思って」

「正直なところ……というのは、あなたの唇ということですか？」

「唇っていうか、身体！　あんたにキスされたときは、あんまりビックリしすぎて、何がなんだかわからなかったけど……もし俺が改めてあんたにキスしてすごく嫌なら、あのときのドキドキは何かの間違いだったってことだろ？」

「……ドキドキしたんですか？」

「した。実はちょっと、いや相当した。でも、そんなのおかしいって、俺、ずっと思おうとしてたんだ。……だけど、今、自分からキスしてみてわかった。全然嫌じゃないし、なんか不思議に落ち着いたし……やっぱりドキドキもしてる。俺、あんたが好きだ。これはきっと、恋愛の好きだと思うんだ」

一息に言い終えると、肩がすっと軽くなった気がした。認めてしまえばこんなに簡単なことだったのか……と驚きつつ、俺は茨木の反応を待つ。

だが、言葉を探すように何度か口をパクパクさせた茨木は、俺が想像だにしていなかった台詞を吐いた。

「ちょっと待ってください。困ります」

言葉の意味を理解した瞬間、ハンマーで頭を殴りつけられたような衝撃が走る。

「困るって……！　な、なんで困るんだよッ」

「なんでって、困るじゃないですか、そんなの」

「だ……だってあんた、俺のことが好きだって言ったじゃないか。なんでそこでそんなに困るんだよッ」

「困りますよ。ああ、困るなんて言葉じゃ言い尽くせません。激困りです」

茨木は頭を振って……そして、本当に困り果てた様子でこう言った。

「だって僕は、うんと時間をかけて、少しずつ……けれど確実に、あなたを落とすつもりでいたんですよ？」

「……え？」

「あの夜は、死ぬほど落ち込んでいたところに思いがけずあなたが来てくださって、あんまり嬉しかったのでつい早まったことをしてしまっただけで」

「……それって、あのときのキスのこと……だよな？」

「ええ。愚かな行為であなたを警戒させてしまった。とても反省しました。……けれど幸い、あなたが快く水に流してくださったので、今度はあなたが警戒心を忘れるまでじっくり待とうと」

「………」

あまりのことに、俺は二の句が継げない。

「あなたが僕なしには生きていけないくらいのレベルまで持っていって、そこで改めてもう一度きちんと告白しようと思っていたんですよ。それなのに、こんな不意の一撃で僕のほうが落とされてしまっては、どうしていいやら」

途方に暮れたと言わんばかりに、茨木は頭を振る。俺は呆然としてしまった。

「な……なんだよ、それ。落とすの落とされるのって、そんなのどうでもいいよ。とにかく、あんたは俺のことが好きなんだろ？」

「一目惚れですよ」

妙に力強く、茨木は断言する。

「だったら、俺があんたを好きなの、喜んでくれないのか？」

「……嬉しすぎて、信じられないんです。あなたが僕を好きだなんて」

ずり落ちた眼鏡を指先で押し上げた彼は、なんだかひどく取り乱した様子で、カウンターの上の書類を意味もなくこっちからあっちへ置いたりしている。

「あなたのような素敵な人を手に入れるには、まだまだ僕に努力が足らない。それなのに、あなたのほうから僕に告白してくださるなんて……ああ、もうすぐこの世界は消滅するのかな」

「あのな。個人レベルの恋愛問題で、地球を滅亡させるなよ」

「いやもう、この際ですから滅びてしまってもかまいません」

とんでもないことをきっぱり言い切り、茨木はカウンターを回り込んで俺の真ん前までやってきた。

「……いいですか？」

そんな言葉とともに、両腕を軽く広げて俺を見る。意図を察するなり、頬がまた熱くなった。

「改めて訊くなよ」

「いえ、これも今日は、あなたのほうからやりたいのではないかと思ったものですから」

「や……いい。さすがにもう恥ずかしい」

「キスよりもハグが恥ずかしいなんて、面白い人ですね」

ようやくいつもの彼らしくクスリと笑って、茨木はギュッと俺を抱いた。あの夜とは違って、それはとても優しい抱擁だった。

「まだ信じられませんよ。あなたが僕を好きでいてくれるなんて」

そんな声が耳元で響き、吐息が頬を掠める。

「俺も認識したばっかだから、まだ実感ないけど」

「……でも、僕からこんなふうにされても、本当に嫌ではないですか？」

「うん、大丈夫……っていうか、もっと早くこうすりゃよかったんだよ。ウダウダ悩んでないでさ。はー、疲れた」

本心からの言葉が口から出ていくとともに、なんだかすっかり脱力してしまった。

あの夜以来の温もりが、どうしようもなく心地よい。少し躊躇う気配がしてから、茨木の右手が俺の背中を離れ、そっと頭を撫でてくれた。

「すみません。僕のせいで、あなたによけいなストレスを与えてしまいましたね。……それにしても」

「ん？」

「どうして、急にこんなことをしようと思いたったんです？」

不思議そうに問われて、俺はハッと我に返り顔を上げた。

「そうだ！　それだよ！」

「え？」

「頭！　大丈夫なのかよ⁉」

茨木はまだ俺の背中を緩く抱いたまま、キョトンとした。

「ぼ……僕の頭ですか？　正面切って訊ねられてしまっては少々お答えしにくいですが、ええ、正気だと思いますよ？　舞い上がってはいますけれども」

「そうじゃなくて！」

俺は焦《じ》れて声を尖《とが》らせた。

「頭が痛いってさっき言ってたろ！　それに、脳神経外科の外来や医局で、あんたを見かけたって……。用もないのに、そんなとこ行くわけない。やっぱ、その頭痛はどっか悪いんじゃ……」

そう言うと、茨木の優しい眉がピクリと動いた。

「どなたがそんなことを？」

「あ……え、いや、ほら、ええと……」

語調のきつさから、楢崎先輩の名前を出すことが躊躇われ、俺はとっさにごまかそうとした。けれど、なんでも顔に出るといろいろな人に言われるだけあって、茨木にはお見通しだったらしい。

彼は、嘆息して俺から離れた。眉間に片手を当てて、もう一つさっきより深い息を吐く。

「はあ……。楢崎先生ですね？　あなたに無用の心配をさせるなんて、困った方だ」

「無用の心配ってことはないだろ！　なあ、あのときすっげえ落ち込んでたの、もしかして病状、すごく悪いのか？　入院とか、しなくていいのか？」

「もしや、僕が重い病気だと思ったから、今日、突然こんなことを？」

「いや、もういい加減なんとかしたい気分だったんだ。ただ、その話を昨夜聞いたのが、弾みになったってのはあるかも……あ、でも！　誓って言うけど、同情とかそんなのじゃ全然ないから。違うからな！」

どうやら、茨木の不安はまさにそこだったらしい。少しホッとした顔つきになった彼は、ようやくいつもの笑みを浮かべ、俺の手を取った。

「手が汗ばんでますよ。緊張しましたか？」

「したよ。当たり前だろ。男に告るなんて、人生初の試みなんだからさ！　それに、あんたがいきなり頭痛いなんて言うから、心配だし」

茨木は妙に嬉しそうに目を細めると、さっきの薬包を出して俺に見せた。

「心配してくださったのはとても嬉しいんですが、これは市販の頭痛薬ですよ。ほら」

確かに子細に見れば、薬包には大手製薬会社のマークが印刷されている。

「え？　じゃあ、頭痛って……」

「原因は、単なる睡眠不足です。あなたのことを思うと眠れない……というやつですよ」

「な……！」

「それは半分本当で、半分嘘ですけどね。ほかにも、いろいろと思うところがあって。……京橋先生」

「う……な、何？」

茨木は背筋を伸ばすと、「僕もなんだか手のひらに汗を掻いてきました」と両手をジーンズで拭いてから、おもむろにこう言った。

「その、思いがけず嬉しい告白をしてくださったので……せめて第二段階の申し出はこちらからさせてほしいのですが」

「第二段階？」

茨木はエプロン姿のまま直立不動でこう言った。

「改めて、僕と恋人としておつきあいしていただけますか？」

あまりにもクラシックな発言に、俺は凍りつき……そしてつい、吹き出してしまった。

「お、おつきあいって……ぷッ！」

さすがの茨木も、心持ち憮然とした表情になる。

「ひどいなあ、僕は大真面目ですよ？」

「わ、わかってる。ごめん。……でも、なんか田舎の中学生みたいでさ」

「……悪かったですね、田舎の中学生レベルで」

茨木は腕組みして口を尖らせ、ぷいと横を向く。

「！」

初めて見る茨木のふくれっ面に、俺はまたしても笑ってしまいそうなのを必死で堪え、謝った。

「ごめん！　ち、ちょっと恥ずかしかったから、笑ってごまかしたかっただけなんだ。……その、俺だって、告白して終わりにするつもりなんかない。お互い腹の探り合いしたり、自分の気持ちを隠したりする関係をやめたかっただけで……その、これからはちゃんとつきあいたいと思ってる」

「……本当に？　明日になったら、あれはやっぱり気の迷いだった、とかいうのはやめてくださいよ？　誇張でなく、僕は再起不能になります」

「ホントだって！」

真顔で重ねて強調すると、茨木はようやく機嫌を直してこちらを見た。

「そう言ってくださって、嬉しいです。……ところで、今、もうしばらくお時間をいただけますか？」

「え、今？　今日はもうほとんど仕事も終わりだし、べつにいいけど。なんだよ？」

「あなたをいつまでも心配させておくわけにはいきません。僕とつきあってくださるなら、僕のこともきちんと知ってほしいんです。……ですから、一緒に来てください」

そう言うなり、茨木はエプロンを外し、カウンターに置いた。

「どこに？」

「脳神経外科の病棟です」

「それって……！」

驚く俺をよそに、茨木はさっさと店の照明を落とし、扉を開けて俺を促す。どうやら、俺の疑念になんらかの答えを与えてくれるつもりらしい。俺は言いようのない不安を胸に抱えながらも、彼とともに病院棟へ向かった。

「それにしても、楢崎先生はよけいなことをおっしゃる。医師には守秘義務があると思っていたのですが」

エレベーターの中で、茨木はやや不満げな表情でそう言った。

昨夜、楢崎先輩が言っていたとおり、先輩のことになると茨木は少々顔も声も険しいかもしれない……と思いながら、俺は慌てて弁解した。

「違うんだ。俺があんたとのこと、楢崎先輩に相談したから。それで、先輩が心配して教えてくれたんだよ」

そう言ったら、茨木の眼鏡の奥の目がキラリと光った気がした。

「見かけによらず、あの方もそそっかしいようですね。……というか、僕とのことをなぜあの方に？　いや、ああ、なるほど。やはり間坂君は楢崎先生と……」

「えっ、知ってたのか？」

「なんとなく察しがつきましたよ。わざわざ売店に戻ってきて、『まんぷく亭には間坂というバイトだが腕のいい料理人がいるぞ』なんておっしゃるんですから」

「うは、そんなこと言ったんだ、楢崎先輩」

「ええ。なかなか愉快な方です」

それは微妙に貶《けな》していないか……と突っ込もうとしたとき、エレベーターが止まり、扉が開いた。脳神経外科の病棟だ。

ナースステーションの前を看護師たちに目礼して通り過ぎ、俺は茨木について通路を歩いた。

「……ここです」

茨木が足を止めたのは、個室の前だった。

「どうぞ、入ってください」

茨木はノックもせず、引き戸を開けて病室に入っていく。仕方なく、俺もおずおずとあとに続いた。

部屋に入ってすぐ、独特の音に気づいた。人工呼吸器の立てる規則的な音だ。

果たしてクリーム色のカーテンの向こうのベッドには、人工呼吸器を装着され、様々なモニター機器に囲まれた初老の男性が横たわっていた。

まだ経験の浅い医者の俺でも、いや、おそらくは誰が見ても末期の段階とわかる、消耗し、衰え切った容貌《ようぼう》だ。

目は閉ざされ、眠っているというよりは意識がない状態であるらしかった。

「この人は……」

小声で訊ねた俺に、茨木は枕元の椅子に腰掛け、布団の上に出ている男性の手を慣れた仕草で撫でながら言った。

「僕の父です。……僕がこのフロアで目撃された理由ですよ」

「お父さん？」

俺は驚いて、男性の顔を見た。ひどく痩《や》せてしまっているのでよくわからないが、言われてみれば、スッキリした鼻筋のあたりは似ているかもしれない。

茨木は、自分の熱を分け与えるように父親の手をさすりながら、低い声で説明してくれた。

「父は大学の准教授で、漢文学を専門に研究していました。僕の実母は、僕が幼い頃に死んで、父はしばらくして再婚しました。義母はとてもいい人でしたが、僕に遠慮して何かと気を遣ってくれるのが、子供心に申し訳なくて、気詰まりでした」

「……うん」

「ですから父に頼んで、中高一貫教育の全寮制の学校に行かせてもらったんです。僕がいなければ、両親がもっと気兼ねなく暮らせるんじゃないかと。……僕なりの思いやりだったんですが、それがかえって両親を傷つけることになりました」

「そんな……どうしてだよ」

「決してそうではなかったんですが、彼らは、僕が再婚を快く思わず家を出たのだと解釈したようです。上手くその誤解を解くことができないまま、両親とはすっかり疎遠になってしまって……。義母は五年前に亡くなりました。最期まで僕のことを気にしていたそうで、本当に申し訳ないことをしたと思ったんです」

「そう、だったんだ」

「ええ。ですから、父とは、きちんと関係を修復しようと決心しました。義母の死後、一人暮らしになった父には、たびたび会いにいきました。誤解も解けて、ようやくまともな親子関係が築けたと思った去年の春先、父が頭痛と目眩《めまい》を訴えましてね。病院に連れて行ったら脳腫瘍《のうしゅよう》……悪性のグリオーマと宣告され、入院しました」

「グリオーマ……神経膠腫《しんけいこうしゅ》か。手術、受けたのか？」

茨木は、頷く代わりにそっと目を伏せた。

「最初から、腫瘍のできたのがデリケートな場所なので、完全に摘出することはできないと聞かされていました。手術後、放射線治療や化学治療で小康状態を保っていたのですが……それでも病状は少しずつ進んでいきました。残された時間がそう長くないことを知った僕は、義母のときの過ちを二度と繰り返さないために、できる限り父との時間を持とうと決めました。それで、勤めていた会社を辞めて……」

「お父さんが入院してるこの病院の売店に、新しい仕事を見つけたってわけか」

「ええ。病院内で働いていれば、朝夕に父に会いに行けますし、もし容態が急変しても、すぐに駆けつけることができます。無職では経済的な不安がありましたから、売店の仕事は、天の恵みのようなものだったんです」

「そう……だったんだ」

茨木は視線を上げ、俺をじっと見た。眼鏡の奥の目は、とても寂しそうに揺れていた。

「あなたの前で泣いたあの夜、父がひどい痙攣《けいれん》発作を起こしたんです。すさまじい苦悶《くもん》の表情を目の当たりにして……その上、主治医に、何があってもおかしくない終末期に近づいていると言われて。ずっと前に覚悟を決めていたはずなのに、やはり大きなショックを受けました」

そんな話を聞いて、俺はようやく、あの夜の茨木がひどく動揺していた理由を知ることができた。

「当たり前だよ。覚悟してようとしてなかろうと、お父さんのことなんだから、つらいに決まってるじゃないか。……っていうか、あんときなんで言わなかったんだよ！」

「怖かったんですよ。言葉にしてしまうと、一気に現実味がましますから」

「あ……」

「でも、先生方が一生懸命苦痛を和らげる治療をしてくださって、僕はそれからも、父とずいぶん穏やかな時間を持つことができました。……あなたの話も、したんですよ？」

茨木の唇に、微《かす》かだが笑みが浮かぶ。俺はギョッとして聞き返した。

「え？　俺の話って……」

「名前は出しませんでしたが、院内で、とても素敵な人と知り合ったと。僕が会社を辞めたことを気に病んでいた父でしたが、それを聞いてとても喜んでくれました。自分の入院も、悪いことばかりをもたらしたわけではないと」

「そ……そっか」

「ええ。先々週からは意識が途切れがちになって、自発呼吸も難しくなりました。今はもう、ほとんど昏睡《こんすい》状態です。……あとは見送るだけが仕事になってしまいましたが、父とは十分にこれまでの空白を埋める会話ができたと思います。父を失うことに恐怖はありますが……悔いはありません」

キッパリそう言って、茨木は父親の手を布団の中に戻し、立ち上がった。

ほかに何か訊きたいことは、とでも言いたげに、小首を傾げて俺を見る。

おそらく、茨木が父親とまともな会話を交わせることは、もうないのだろう。

慣れない仕事をしながら、少しずつ死に近づいていく父親を見守り続けてきた茨木の胸の内を思うと、俺は泣きたいような気分になって、唇を噛んだ。

「……京橋先生?」

俺に歩み寄ってきた茨木は、心配そうに俺の顔を覗き込む。

「ごめん。ホントごめんな」

ようやくそれだけを喉から絞り出した俺に、茨木は驚いた顔をした。

「な……どうして謝るんです？」

「だって俺、なんかあんたはマイペースに楽しそうに仕事をしてて、呑気《のんき》そうでいいなあ……なんて馬鹿みたいなこと思ってて、全然何も知らなかった。好きだって思う相手のことなのに、ホントなんにも知らなくて、馬鹿みたいだ」

喋っている間にだんだん自分に腹が立ってきて、不覚にもじわりと涙が滲んでしまう。歪《ゆが》む顔を隠したくて顔を背けようとしたら、茨木は一足早く、フワリと俺を抱いてくれた。大きな手が、宥《なだ》めるように背中を撫でる。

「何も知らなかったのは、あなたのせいじゃありません。僕が隠していただけです。……せめてあなたの前では、現実をしばらく忘れて、呑気な僕でいたかったんですよ。実際、売店で働いているときは、あれこれ悩む暇なんかなくて……楽しいことも多いですしね」

「でも俺、そんな大変な思いをしてるあんたに、自分の身の上話とかして。慰めてもらったりしちゃってさ。なんかもう、恥ずかしくて死にたくなってきた」

「あのときは、僕がそうしたいからしたんですよ。まったくあなたは、生真面目でいけない。あなたは十分に、僕を慰めてくれましたよ」

「俺、何もしてないじゃないか」

「いいえ。あなたがいてくださるだけで……毎日顔を合わせて、他愛ない話をしてくださるだけで、僕は十分に救われました。あの夜もね」

「あ……」

「だから、そんな顔をしないでください。好きな人の笑顔が、僕の心にはいちばんの栄養なんです。あなたはいつも、笑っていてくださらなくては」

「……そんな急に笑えったって、無理」

「泣き笑いでも構いませんよ?」

「絶対嫌だ」

そんな間抜けな顔を見せるのは死んでも嫌なので、俺は茨木の肩に顔を伏せてしまう。

人工呼吸器の規則正しい音が、時計のように時を刻む中、面会時間終了を知らせるメロディーが、頭上のスピーカーから流れ始めた……。

なんとなく互いに離れがたかった俺たちは、それぞれの仕事を片づけてから、俺の自宅近くのビストロで夕食を摂《と》った。

ようやく以前の「奢《おご》り返し」の約束を果たすべく、会計は俺が持った。といっても、たいした金額ではないのだが。

店を出ると、もう夜の十時を過ぎていた。夜風は少しヒンヤリして、アルコールで火照った頬に心地よい。

「ごちそうさまでした。……すみません、海老《えび》で鯛《たい》を釣ってしまいましたね」

茨木は申し訳なさそうに笑って、俺に礼を言った。

「全然鯛じゃないって。気に入ったんなら、また来よう」

「ええ、是非。……ええと、駅はどっちの方向でしたっけ」

茨木はそう言って周囲を見回した。教えようとして、俺はふと躊躇う。このまま別れてしまうのは嫌だと思ったのだ。

お互いの気持ちがようやく通い始めたのに、あのガードの堅い茨木が、ようやく素の自分を少しずつ晒《さら》してくれたのに……。

（いくら恋人になるって言っても、明日の朝には、店長代理と客として顔を合わせるんだもんな。なんか……またちょっと距離が開いちまいそうな気がする）

「京橋先生？」

訝しそうな顔でクルリと振り向いた茨木に、俺は半ば反射的にこう言っていた。

「あのさ。もう一杯くらい、コーヒー飲んでかないか。うち、近いし」

「……いいんですか？」

茨木は少し驚いた顔で訊ねてくる。もそりと頷くと、茨木は「ああ、でも……」と眉尻《まゆじり》を下げた。

「なんだよ？　気が向かないなら、べつにいいけど。駅はあっち」

ちょっとムッとして繁華街の向こうを指さすと、茨木は慌てた様子で片手を振った。

「いえ、あの、ちょっとあまりにも今日はいいことがありすぎて、これ以上を望んでいいのだろうかと、不安になっただけです」

「いいことって……」

「だってそうでしょう？　あなたが僕の恋人になってくれて、父に会ってくれて、美味しいご飯を奢ってくれて、その上あなたの家に入れてくれるなんて。……本当に、明日世界が終わるのかと思ってしまったんです」

どうやら茨木は、嬉しすぎて戸惑っていたらしい。いつも落ち着き払っているくせに、茨木には妙に小心なところがあるようだ。

「大袈裟《おおげさ》だって。うちに来たって、何もないぜ？」

「あなたがいれば十分です。というより、あなたと二人きりの空間でしょう？　今日の僕は嬉しすぎてとても浮かれているので……そんなに甘やかされたら、間違いなくつけ上がりますよ？」

茨木はそう言って、ごくさりげなく、ひとさし指で俺の手の甲に触れた。茨木の指先は、いつもより熱を帯びている。その熱と仕草に、鈍感な俺にも「つけ上がる」の意味は容易に知れた。

けれど俺は、今日はとことん自分の心に正直になると決めていた。茨木への気持ちが恋だと自覚した以上、もう迷う必要はないのだから。

「いいよ」

だから俺は、短く答えた。

「本当に？」

「だって、『恋人としておつきあい』するんだろ？　家に来るくらい当たり前じゃん」

そう言うと、茨木はようやく破顔した。

「それもそうですね。……では、お言葉に甘えてお邪魔します。少しだけ、とは言いませんよ？」

「くどい！　ガタガタ言ってないで、さっさと行くぞ！」

まだ念を押そうとする茨木に焦れて、俺は彼の手首をガシッと掴んだ。周囲に人がいないのをいいことに、そのまま ぐいぐい引っ張って、俺のマンションのほうへ歩き出した。

一瞬呆気にとられていた茨木も、引っ張られるまま斜めに傾いでついてくる。その顔があまりにも素直に嬉しそうなので、見ているこっちが気恥ずかしくなってきた。

「ニヤニヤしてないで、自分で歩けよ！」

思わずそんな文句を言った俺に、茨木はいつもの人懐っこい笑顔でさらりと言い返してきた。

「ニヤニヤじゃありません。ニコニコですよ。幸せが、そのまま顔に出てるんです」

「……言ってろ、バカ！」

恥ずかしさ倍増攻撃を喰《く》らった俺は、一秒でも早く家に帰るべく、手が痛いと笑い混じりに訴える茨木を無視して、全速力で歩き続けた……。


「お邪魔します。素敵なお住まいですねえ」

マンションの俺の部屋に入るなり、茨木は感心しきりでそう言った。

「確かに、年のわりに贅沢《ぜいたく》なところに住んでるとは思う。……その代わり、借金山積みだけどな。ああ、すぐにコーヒー煎《い》れるから、リビングにでも」

「いいえ、ここでいいですよ。あなたが見えるところがいい」

そう言って、茨木はダイニングの椅子に腰を下ろした。

楢崎先輩の家と違って、俺の家はダイニングとキッチンが分かれていないので、そこに座れば、姿が見えるどころか、普通に話をすることができる。

俺は薬缶《やかん》に水を入れて火にかけ、コーヒーフィルターにペーパーをセットした。戸棚からコーヒーの粉を出して、フィルターにすくい入れる。

「俺、あんまりコーヒーにはうるさくないから、旨くないかもだけど」

「かまいませんよ。僕なんて、いつもインスタントです」

「はは。そういえば、茨木さんってどんなとこ住んでんの?」

俺は、戸棚からマグカップを出しながら訊ねた。

茨木は、テーブルに頬杖《ほおづえ》をついて興味深そうにキッチンを眺め回しつつ、あっさり答える。

「以前は、ここと似たようなマンションに住んでいましたが……今は、帰って寝るだけの小さな部屋ですよ」

「それって、やっぱ、売店の給料が安いから？」

「それもありますし、やはり父の入院費がいくらかかるか予想がつきませんでしたからね。できるだけ切りつめたかったんです」

「……なるほどな」

それ以外に言うべきことが思いつけないまま、俺は流しで手を洗い、使い捨てのコンタクトレンズを外しにかかった。

実は少しばかり長く装着しすぎて、ドライアイ気味になっていたのだ。

その作業に没頭していた俺は、突然傍らから聞こえた声に、思わず飛び上がった。

「大丈夫ですか？」

「わッ！」

「ああ、すみません、驚かせてしまいました。でも、どうしたんです？」

どうやら、突然会話も動きも止めてしまった俺を心配してくれたらしい。おろおろ顔の茨木に、俺は笑って自分の目を指さした。

「コンタクト外してただけ。長く入れすぎると、目にへばりついて取れにくいんだ」

「ああ、それで。流しで前屈《まえかが》みになっておられたから、てっきり気分が悪くなったのかと思いましたよ。……本当だ、少し目が赤い」

そう言って、茨木は何気なく俺の頬を両手で挟み込み、目の状態をチェックしようと顔を近づけてきた。

「あ……」

いきなり至近距離で目が合い、俺は小さく息を呑《の》んでしまった。

こんな近くで茨木の顔をしげしげと見たことは、これまで一度もない。キスされたときもしたときも、顔を見るどころの騒ぎではなかった。

「…………」

こうも近いと、裸眼でも茨木の顔がハッキリ見える。

草食動物を思わせる優しい目も、すんなりした鼻筋も、いつも微笑をたたえている薄い唇も、恋を自覚した今となっては、ごく自然に愛《いと》おしく思えた。

「無個性な顔でしょう?」

冗談とも本気ともつかないそんな問いかけにも、素直に答えることができる。

「いいじゃん、優しい男前って感じで。俺は好きだけど」

「……ありがとうございます。あなたが気に入ってくださるなら、それで十分です」

そんなことを言いながら、茨木はすっと眼鏡を外した。

俺たちはどちらからともなく、互いの身体に腕を回し、唇を重ねた。まるで十代の子供みたいな触れるだけのキスを数度、それから、互いの唇の形を確かめ、食《は》むようなキスを何度も。

「んっ……」

茨木の舌が、遠慮がちに俺の舌先をつついたのを合図に、俺たちはまるで子供がじゃれるように、舌を絡め合い、両手で相手の背中から腰のラインを探り合った。

身体を密着させていると、男同士ならではの熱の高まりを、腿《もも》で感じることができる。

「……もっと恋人らしいこと、しよっか」

恥ずかしさを我慢して誘うと、茨木は優しく目を細め、頷く代わりに俺の鼻の頭にキスをした……。

せっかく沸きかけていた薬缶を黙らせ、もつれ合うように寝室になだれ込む。

朝、抜け出したままのグチャグチャのベッドだったが、そんなことにかまっている場合ではない。俺は、茨木を乱れた布団の上に押し倒した。

灯りはつけないままだったが、扉を開けっ放しなので、廊下の光が寝室にも入ってくる。

薄暗いところで見る茨木の顔は、病院の廊下で会ったときの、憔悴した彼を思い出させる。

けれど今の茨木は、こんなシチュエーションなのに奇妙なほど穏やかな顔をしていた。

「……えっと……」

押し倒したはいいが、いざベッドまでこぎつけたところで、この先どうしたらいいのか今ひとつわからない自分に気がついた。

いや、何も知らないわけではないのだが、これまで女の子相手しか経験がないので（それすら豊富とは言えないところが寂しいが）、男相手でも同じ感じでいいのか、それとも何かこう、特別な手順があるのだろうか……とこの期に及んで悩み始めてしまう。

そんな戸惑いが、きっとまたしても顔に出ていたのだろう。

茨木は俺の顔を見上げてクスリと笑うと、俺の頬を包み込むように触れてきた。

「大好きですよ、京橋先生。……僕のことを好きになってくださって、本当に嬉しいです」

「う……うん、でもあの俺……」

どうすればいいのかわからない、と言おうとした俺の口は、茨木のひとさし指で黙らせられる。

「この状態も素敵ですが、今夜はひとまず、逆のほうがよろしいかと」

そう言うが早いか、茨木は俺の二の腕をぐいと引いた。あっという間に身体が入れ替わり、俺の背中は小さくバウンドしたあと、ふわりと布団に沈み込む。

「わッ！」

驚いて反射的につぶった目をそろりと開けると、今度は真上に茨木の顔があった。完璧に形勢逆転だ。

「えっ？　俺、こっちの係？」

「係って……」

狼狽える俺を見て、茨木は可笑《おか》しそうに、テキパキと俺を組み敷きながらこう言った。

「だって京橋先生、男相手はさすがに初めてでしょう？」

「そ、そりゃそうだよっ！　あ、そう訊くってことは、あんたはそうじゃないのか？」

「まあ、僕は昔から、好きになるのは女性より男性のほうが多かったですからね。ほとんど片思いでしたけど」

「……でも、経験はあるんだ？」

なんとなくムッとしてしつこく問いつめると、茨木はやけに爽やかな笑顔を返してきた。

「両方とも経験なしでは、目も当てられないことになりますよ？」

「う……俺よくわかんないけど……そうなのか？」

「おそらく。それに、過去はどう足掻《あが》いても消すことはできません。後ろは振り返らない方向でお願いします」

「あのさ……あんた、俺が思ってたよりちょっと強引じゃないか？」

「おや、心外ですね。僕は、せっかくのチャンスを、絶対棒に振りたくないだけですよ」

そう言って、茨木は俺の頬に小さな音を立ててキスした。

「それに、最初くらいは、年上に花を持たせてください」

「へ？」

茨木は、俺のポロシャツのボタンを器用に外しながら、驚愕の事実をサラリと口にした。

「やはりご存じなかったんですね。僕は薄ぼんやりなので若く見られがちなんですが、今年で三十一になるんです。ですから……あなたより、少し年上ですね」

「う、嘘だろ……」

「嘘をついても仕方がありません。まあ、そういうわけですから」

そういうわけもどういうわけもないのだが、茨木はさくさくと話をまとめると、俺からポロシャツをむしり取った。彼自身も、コットンシャツとTシャツを脱ぎ捨て、上半身裸になる。

考えてみれば、寝室のエアコンすらつける余裕がなくて、室内には昼間の熱気がこもったままだ。

けれど、今さらリモコンに手を伸ばす気にもなれず、俺は初めて茨木の素肌に触れた。

「なんだかもう……夕方からずっと、夢を見ているようですよ」

そんなことを言いながら、茨木は俺の顔にキスを降らせる。いつもレジを売っている手が、首筋を辿《たど》り、胸元を探り、それから脇腹《わきばら》を通って下りていく。

「ん……あっ……」

少しざらついた指先が、時折妙にゾクッとするポイントを辿る。

そのたびに体がピクリと震え、刺激が生み出した電流は俺の芯《しん》に流れ込んでいく。俺は興奮と恐怖が入り交じった不思議な快感を味わっていた。

「ちょ……なんか……俺、こんな……ッ」

女の子相手のときは、どちらかといえば俺があれこれするほうだ。こんなふうに一方的に感じさせられるのは初めてのことで、ひどく混乱する。

けれど茨木は、「いいんですよ」と言って、俺のチノパンの前立てをくつろげた。

「だ……って……」

「いいんです。今日は何も考えず……ただ、僕に任せていてください」

すでに、手と唇の愛撫《あいぶ》で勃《た》ち上がりかけていたそれを、下着に差し入れられた茨木の手が、やんわりと握る。

「あッ……！」

突然の刺激に、身体が魚のように跳ねた。

「う、や、あ……っ！」

同性だけに、どこをどうすれば感じるのかわかっている。茨木の手に、根元から揉み上げるような動きで扱《しご》かれると、自分のそれがみるみる硬く張りつめていくのがわかった。

「ふあっ……」

先走りでぬるついた熱を手のひら全体で擦られ、感じるはずなどないと思っていた胸の尖りを舌でいたぶられて、俺はなすすべもなく追い上げられる。

「んっ……く、くそ……っ」

いくらなんでも、こうも一方的にいかされては男が廃る。俺は格好悪く喘《あえ》ぎつつも、茨木のジーンズに手をかけた。

もたつきながらも、硬いボタンを外し、ファスナーを下げる。茨木の熱も、下着を押し上げて屹立《きつりつ》していた。

「京橋先生……無理をしなくてもいいんですよ」

「なんでだよっ、あんただって……こんなに」

かまわずトランクスをずり下げて触れた茨木の芯も、硬く、熱い。俺を見て、俺に触れるだけで、清潔そうな彼がこんなふうに欲情しているのだ。

その事実が、俺自身をも熱くした。

「こういうことは……嫌ではないですか？」

ここまで来て、まだそんな気遣いをしてくれる茨木に、胸がギュッとなった。

「好きな奴のものに触るのが……嫌なわけ、ないだろっ……」

そう言って握り込むと、俺の手の中で茨木がドクンと脈打ち、硬度を増す。

「ッ……京橋、先生……っ」

俺の名を呼ぶ茨木の声は甘く掠れ、俺を見上げる双眸《そうぼう》は、欲望に煙《けぶ》っている。

「ふ……うっ」

くぐもった声を漏らし、息を乱す茨木には、これまで感じたことのない色気があった。きつくひそめた眉根と薄く開いた唇に、背筋がゾクゾクする。

俺たちは、互いの嬌声《きょうせい》を貪《むさぼ》るようにキスを重ね、硬く反り返り露《つゆ》をこぼし続ける芯を、自分でするよりずっと丹念に、執拗《しつよう》に愛撫した。

「そんなに……きつくしないでくださいっ……。い、一緒に、いけなくなります」

そんな情けない懇願を口にするくせに、茨木の俺を追い上げる手には容赦の欠片《かけら》もない。

「あ、あんた、こそッ……は、ぁ……」

俺のほうも、もはや余裕などどこにもない。茨木の指先も舌も憎いほどポイントを心得ていて、俺の身体から魔法のように快感を引き出していく。

それでも……たとえ、奴が年上でも慣れていても、呆気なく先にいかされるのは悔しい。たぶん、二人ともがそう思っていたのだろう。決して乱暴ではなかったものの、お互い、駆け引きも手加減もまったくなしに攻め続け……。

「あ……ッ！」

「ふっ、う……」

ついに俺たちは、ほぼ同時に上りつめた。そして、それぞれに放ったもので互いの身体を汚しつつ、もつれ合ったまま脱力した……。

荒々しい呼吸が平静に戻る頃には、たっぷり掻いた汗が冷えて、少し肌寒いほどだった。ブルッと身震いしたのに気づいたのか、茨木は身を起こし、布団を着せかけてくれた。

「あ……ありがとな」

「いいえ。大事なあなたが風邪《かぜ》をひくと困りますから」

狭いシングルベッドで、男二人が素裸で一枚の夏布団にくるまり、身を寄せ合っている。そんな自分たちの姿がなんだか滑稽《こっけい》で、俺たちは顔を見合わせて同時に笑い出してしまった。それは、とてもあたたかで、幸せな笑いだった。

しかし、そんな笑いの波が去ると、ふとささやかな不安が胸をよぎる。

「あ……えっと、そういえば、さ」

俺の表情の変化に敏感に気づいた茨木は、軽く眉根を寄せた。

「どうしました?」

「その……男同士のセックスって……まだ先があんだろ? その……全部やんなくても、平気か?」

俺にだって、男同士は後ろを使うという知識くらいはある。心配になってそう訊ねると、茨木は少し困ったように笑った。

「焦らなくてもいいんです。今日は用意もないですしね」

「用意って……あ、コンドームとか……」

「ロ、ローションもね。あなたに負担をかけるのは、本意ではありませんから」

「ロ、ローション……そんなもん、使うんだ……？」

どうやら、この関係を「最後」まで進める道のりには、俺の知らないことがまだまだあるらしい。

少々不安になった俺の唇に小さなキスを落として、茨木は諭すように言った。

「あなたは意外とせっかちなようですね。僕らは、今日つきあい始めたばかりですよ？」

「それもそっか……」

「ええ。ですから、ゆっくりお互いのことを知っていきましょう。それぞれの過去も、性格も……身体もね」

「……あんたは、意外と強引で、恥ずかしいことと平気で言う奴で、それでもってけっこうエロいよな」

「お褒めの言葉と受け取っておきます。いろいろと新しい発見があったほうが、飽きなくていいでしょうからね」

茨木は涼しい顔でそう言って、俺を抱き寄せる。

年下だと思っていたら実は年上で、呑気だと思っていたら実はけっこう大変な重荷を抱えていて、ひたすらに優しいと思っていたら、実は強引でちょっと意地っ張りかもしれない……そんな意外性に満ちた「恋人」の顔を、俺はじっと見つめた。

俺は見たまんまの人間だから、相手の新たな一面を知って驚く機会は、俺のほうが圧倒的に多いに違いない。

そう思うと、勝負ではないとわかっていても、敗北感を覚えてムシャクシャする。

「どうしました？」

「見てろよ。年下ってことは、俺のほうが人間的にまだまだ発展途上ってことなんだからな！　うんと成長して、奥の深い人間になって、あんたを仰天させてやる」

そんな憎まれ口を叩いて、俺は寝返りを打ち、茨木に背中を向けた。

「……楽しみにしていますよ。ですから、ずっとあなたのことを見ていさせてください」

そんな笑いを滲ませた声とともに、背後から優しい腕が俺のウエストを緩く抱く。

久しぶりの他人の体温に子供のように安らいで、俺はそっと目を閉じた……。

いつか
似たもの
同士……？

「……あっつい……」

目が覚めて、最初にこぼれた言葉がそれだった。

全身がじっとり汗ばんで、気持ちが悪い。

睡眠中のクーラーは身体《からだ》に毒だというけれど、これだけ汗を掻《か》いて、しかも暑くて目が覚めるなんて、このまま我慢し続けるほうが絶対健康によくない。

そんな言い訳を口の中で転がし、俺はリモコンを手探りで取ってボタンを押した。

ピッ……。

遠くで電子音が聞こえて、しばらく待っていると、すうっと冷たい風が頬《ほお》を撫《な》でる。

「あー……涼しい……」

ホッと安堵《あんど》の息が漏れた。

枕元《まくらもと》のスタンドを点《つ》けてみると、時計は午前一時過ぎを指していた。まだ寝入って一時間強しか経《た》っていない。道理で、頭がぼんやりするわけだ。

べとつく首筋や背中が気持ち悪くてシャワーを浴びたいが、きっとすぐに元の木阿弥《もくあみ》だろう。それよりは、少しでも早く寝直すべきだ。明日もきっと忙しい一日になるだろうから。

「もういいや。このまま寝て風邪《かぜ》ひいても、今の状態よりはマシな気がする」

半ばやけっぱちで、それでも一応布団を被《かぶ》り、俺は再びベッドに横たわった。

「茨木《いばらき》さん……ちゃんと寝れてるかな」

白い天井を見上げつつ、そんな独り言が漏れる。

以前は俺と同じようなマンションに住んでいたらしい茨木だが、今は以前の勤務先を辞めてアルバイター生活だし、しかも父親の入院費用をまかなわなくてはならないため、そこを引き払ってアパート住まいをしている。

『ひどいあばら屋ですから、あなたをお迎えするのは気が進みません』

やけにキッパリそう言って、茨木は俺を自宅に招こうとはしない。だから正確にどんなところかは知らないが、聞いた範囲では築二十年以上の木造アパートで、風呂《ふろ》・トイレ共同の六畳一間だというから、相当切りつめた生活なのだろう。

当然クーラーなんてないだろうから、彼はきっとこの暑さにひたすら耐えているに違いない。そう思うと、自分の打たれ弱さと贅沢《ぜいたく》ぶりにチクリと胸が痛む。

「でもなあ……」

なんとなく茨木という人物は飄々《ひょうひょう》としていて、暑さなんてものともしないような気がするし、俺としても、せっかくあるエアコンを我慢する気にはなれない。

「ここんとこ会えてないけど、元気にやってっかな」

つきあっているといってもお互いいい年の大人なので、毎日会いたいとか声が聞きたいとか、そういう高校生めいた大盛り上がりはない。同じ病院内で働いていても、俺が売店に行かないとほとんど会う機会はないので、仕事が忙しいこの五日ほど、茨木とは顔を合わせていなかった。携帯電話で短いメールのやり取りを何度かしただけだ。

そんなあっさりしたつきあいでも、やっぱり夜中にこうして誰《だれ》かのことを思うなんてシチュエーションは久しぶりで、くすぐったいのと同時に、胸がほっこりする。

心の中に大切に思える人がいるということがこんなに嬉《うれ》しいなんて、ずっと忘れていた。

「明日あたり、会いに行ってみるかな」

そのためには、彼に心配をかけないよう、今夜はよく寝ておかなくてはいけない。茨木は妙なところで勘が鋭くて、ちょっと頭が痛いとか腹具合が悪いとか、俺の些細《ささい》な不調を敏感に察知し、心配する悪い癖があるのだ。

タイマーをかけようかと一瞬躊躇《ちゅうちょ》したものの、俺はエアコンの設定温度を二十八度に上げて、そのまま眠りについた……。

翌日の午後二時過ぎ。

外来診療を終えた俺は、短い昼休みを有効に使うべく、一号館三階の売店へと足早に向かった。

もう昼時の大混乱タイムはとっくに終了し、店内には予想どおり、数人の客がいるだけだった。弁当の棚はほとんど空っぽで、菓子パンやおにぎりが数個ずつ残っているだけだ。パート従業員も帰ったらしく、茨木はひとりでカウンターの奥にいて、長身を軽く屈《かが》め、レジの中の小銭を熱心に勘定していた。

せっかく驚かせてやろうと思って斜め方向からそろりと近づいたのに、声をかける一瞬前に茨木は顔を上げ、正確に俺のほうを見てニッコリした。

「いらっしゃい、京橋《きょうばし》先生」

短めにカットしてざっくり整えた、少し茶色がかった髪。メタルフレームの眼鏡《めがね》、そしてその奥で笑っている草食動物めいた瞳《ひとみ》。

昼の戦場を潜《くぐ》り抜けて少しくたびれてはいるが、いつもの茨木の笑顔だ。その顔を見るだけでなんとなく癒《いや》されてしまいつつも、ちょっとムッとして俺は言い返した。

「せっかくビックリさせてやろうと思ったのに、なんで先に気づいちゃうんだよ」

「そりゃ、大事なあなたのことですからね。常に気配をキャッチできるように備えてるんですよ」

「んな、妖怪《ようかい》アンテナじゃあるまいし」

「あはは、似たようなものです。それにしても、久しぶりですね。金曜の夕方にお会いして以来でしたか？」

俺よりも年上のくせに、茨木は出会ったときから一貫して敬語で接してくる。いや俺以外でも、ほとんどすべての人に敬語だ。どうやら本人にとってはそれがデフォルトで、タメロを要求されるとかえって話しにくいのだそうだ。

おかげで俺はずっと自分のほうが年上だと思っていて、逆にタメロにすっかり慣れてしまった。決して医者だから偉ぶっているというわけではないが、今さら改まった口調に直すのは変な気がするし、茨木もそのままでいいと言ってくれる。それでなんだか年齢が逆転したようなやり取りを、俺たちはずっと続けていた。

「まだ日単位しか経ってないのに、久しぶりって大袈裟《おおげさ》じゃねえ？」

「それはそうなんですけどね」

茨木はクスリと笑い、カウンターに両手をついて、俺のほうに身を乗り出した。そして客の誰にも聞こえないように、俺の耳元で囁《ささや》いた。

「でも、あなたがここに来てくださるのが、僕にとっては何より待ち遠しいし、嬉しいことですから。だって、いかにも『職場恋愛』って感じがしませんか？」

「ぶっ……！」

あまりにも恥ずかしい台詞《せりふ》に、俺は思わず背後を振り返る。誰にも聞かれていないとわかっていても、焦って頬が熱くなるのがわかった。

「し、し、職場恋愛って、あんたな」

「だって実際、そうでしょう？　ふふ、可愛《かわい》いですね。この程度のことで赤くなるなんて。

そういうところが、とても好きですよ」

「～～～！」

基本的に温厚で優しい茨木だが、時々こうやって俺をからかう。言葉攻めというほどではないが、少々Sっ気があるのではないかと疑いたくなるのはこういうときだ。

今も、俺が狼狽《ろうばい》するのをとても楽しげに見ている茨木を睨《にら》み、俺は手に持っていた商品をカウンターに勢いよく置いた。

「それよか、お会計っ」

「はいはい。いつものハチミツ梅のど飴《あめ》ですね。そろそろ切れる頃じゃないかと思ってました。たっぷり仕入れてあったでしょう?」

茨木はクスクス笑いながら、飴を手に取ってピッとレジに通す。

「仕入れすぎだよ。いくら好きでもそんなに食えないって」

「でも、患者さんとお話しするとき、のど飴なしではつらいでしょうから。それにほかのお客さんにも、あののど飴は好評なんですよ。特に年配の方に」

「……どうせ俺の好みは年寄りくさいよ」

「いいじゃありませんか。僕も好きですよ、フルーティで。百五円になります」

「ん。あ、そうだ。それから今日の分の弁当、もらいに来たんだ。今週一度も代金払ってないから、弁当代もまとめて精算しなきゃ。食い逃げになっちまう」

俺はケーシーのズボンから財布を引っ張り出しつつそう言った。

病院近くの定食屋「まんぷく亭」特製弁当の販売はすっかり定着し、最初は一日限定十個だったのが、今は二十個まで増やされている。それでも患者や学生たちに大人気で、入荷とほぼ同時に売り切れてしまうそうだ。

発案者特権という名の依怙贔屓《えこひいき》で、茨木はそんな入手困難な弁当を毎日一つ、俺にこっそり取って置いてくれる。そればかりか、今週はずっと午前の外来が長引いた俺のために、茨木はわざわざ医局の秘書に弁当を言づけてくれていた。

今日は医局に戻ってみるとまだ弁当が届いていなかったので、のど飴調達と茨木の生存確認を兼ね、弁当の回収に出向いたというわけなのだ。

しかし俺が弁当のことを口にした途端、茨木の優しい眉《まゆ》が曇った。

「あー……それがですねえ」

いかにも気まずげな顔と声に、嫌な予感が胸を駆け抜ける。

「あっ。まさか、今日は俺の分まで売っちまったとか!?」

「いやいや、そうじゃないです。いつも納品され次第、あなたの分はどけておくことにしていますから」

「じゃあ、なんだよ。俺の分、あんの？」

「えー……今はないです」

茨木は申し訳なさそうに、エプロンの裾《すそ》を伸ばしながら説明してくれた。

「実は今日は最初から十九個しか納品がなかったんです。間坂《まさか》君が、先生の分はお店の昼の営業が終わってから、できたてを届けに来る……そう言って」

「?」

俺はキョトンとしてしまった。間坂君というのは、まんぷく亭のバイト店員だ。バイトといっても店主夫婦以外ただひとりの従業員なので、接客・調理・出前となんでもこなせる。弁当も間坂君が担当していて、昼の仕込みの合間を縫って病院まで自転車で納品にやってくるらしい。

その彼が、俺の弁当だけをあとでわざわざ作って持ってきてくれるなんて……ありがたいし、嬉しいけれど何やら申し訳ない。

「いったいどうして、そんなことに? 数を間違えたとか?」

「いえ、それが……僕もよくわからないんですが、なんでも先生に直接会って相談したいことがあるんだそうですよ」

「俺に? 相談?」

首を捻《ひね》る俺とカウンターを挟んで向かい合い、茨木も小首を傾《かし》げた。

「ええ。僕にも同席してほしいとかなんとか。詳しいことは聞いてないんですけどね」

「なんだそりゃ」

「たぶんそろそろ来ると思うので、本人から聞いてあげてください。なんだかとても思いつめた様子でしたし。ああでも、お仕事に無理のない程度でいいと思いま……」

急速に近づいてきたドタドタという大きな足音に、茨木は最後まで言い終えることができずに口を噤《つぐ》む。俺も、入り口のほうに首を巡らせた。

はたしてすごい勢いで売店に駆け込んできたのは、間坂君だった。身長が百八十センチを軽く超えるがっちりした身体つきの彼が入ってくると、ただでさえ狭い店がさらに狭く感じられる。

「あっ、京橋先生だ！　遅くなってごめん。弁当持ってきましたっ」

俺を見るなり、間坂君は駆け寄ってきて、弁当の入ったビニール袋を差し出した。何しろ身体が大きいので、真ん前に立たれると迫力がある。タンクトップと迷彩柄の軍用パンツ、それにざんばら髪をバンダナでまとめた間坂君からは、ふわりと揚げ油の匂《にお》いがした。

「あ……ありがとな」

俺は半ば呆気《あっけ》にとられたまま袋を受け取る。弁当はまだ、仄《ほの》かに温かかった。

「作りたてだから、いつもより旨《うま》いと思うんだ。……そんで、あのう」

いつも元気のいい彼らしくもなく、間坂君は歯切れの悪い口調で話を続けつつ、茨木のほうをチラと見やる。茨木はほかの客の会計を済ませてから、穏和な笑みを浮かべて言った。

「僕からお話は通してありますよ。でも先生は、昼からもお仕事がおありですしね」
「あ、うーん。そうだよね。……あの。でも、すっごく相談したいことがあって」
間坂君は訴えるような目で俺を見る。考えてみれば、彼が俺に相談を持ちかけるというこ
とは、それはあの人物に関することに違いない。というより、それしか思いつかない。
「もしかして、楢崎《ならさき》先輩と何かあったのか？」
「！」
思い切って訊《たず》ねてみたら、図星だったらしい。間坂君のワイルドに日焼けした顔が、楢崎
先輩の名前を聞いた瞬間、盛大に引きつる。
わかりやすすぎるリアクションに、俺と茨木は顔を見合わせて苦笑いした。
なるほど、先輩宅に招かれて楢崎先輩と間坂君の関係を知っている俺と、持ち前のカンの
よさから、二人の関係に俺より早く気づいていた茨木なら、相談相手としては最適だろう。
茨木は、壁かけ時計をちらと見て言った。
「そうですね。僕は六時には仕事を上がれますから、そのあとでよろしければ。京橋先生
は？」
「うーん、俺も今日は七時までには出られると思う。勉強会もないし。でもさ、夜だと間坂
君が具合悪いんじゃないのか？　楢崎先輩、帰ってきちまうだろ？」
しかし間坂君は、ぶんぶんと首を横に振った。いちいち動作が大きい奴だ。

「今日、先生は当直なんだ。だから家を空けてても大丈夫。えっと……よかったら、どっかで晩飯食いながら、とか。俺、あんま高いもんはご馳走《ちそう》できないけど、居酒屋なら……」

「待った、間坂君に奢《おご》らせるわけにはいかないよ。なあ、茨木さん」

俺の言葉に、茨木もすぐさま同意する。

「ええ、そうですよ。僕らはあなたよりずっと年上ですし、だいいちそんなことが楢崎先生に知られたら……」

「お前ら何やってんだって怒られるに決まってるもんな。飯の心配なんかしなくていいよ、間坂君。どっかでコーヒーでも飲みながら……」

「でも！　それじゃ悪いよ。そりゃ俺、若造だけど恩知らずにはなりたくないしさ」

間坂君は困り顔で首を傾げた。どこかビクターの犬を思わせるポーズのせいか、彼の頭に、幻の垂れ耳が見える気がする。

つられて困ってしまい、俺は茨木を見た。茨木も、戸惑いの目で俺を見返してくる。少し悩んで、俺はふと頭に浮かんだアイデアにポンと手を打った。

「あ、だったらさ。夜にうちに来て、晩飯作ってくれればいいよ。茨木さんも来ればいい。そうすりゃ、飯食いながら相談に乗れるし、ほかの誰かに聞かれる心配もないし、間坂君だって何かあったらすぐ家に帰れるだろ？」

俺の提案に、間坂君は目を輝かせた。

「あ、ホントだ。それ、超ナイスアイデア。台所借りてもいいんなら、俺、目いっぱい頑張って、旨いもん作る！」

茨木もホッとしたように微笑して頷《うなず》いた。

「それは楽しみですね。ああでは、僕と京橋先生で材料を買い出して、京橋先生のお宅に着いたら間坂君に電話することにしましょう」

「わかったっ！　じゃあ京橋先生、弁当冷めないうちに食べてくれよなっ。俺、明日の仕込みがあるから、もう店戻らなきゃ。また夜に！」

幾分元気を取り戻した間坂君は、そう言って来たとき同様元気よくドタドタ出て行った。

俺は彼の背中を見送ってから、ぶら下げた弁当を軽く持ち上げて眺め、そして茨木を見た。

「とりあえず、医局に戻って弁当食うよ。仕事終わったらケータイに電話する。ちょっと待たせるかもだけど」

「僕も店を閉めたあと、父の様子を見に行きますから。たいして待つことはないと思います」

「そっか。じゃ、また夕方に……って、弁当代精算！」

「ああ、そうでした。今のですっかり忘れてましたよ」

茨木は呑気《のんき》な顔で言う。

「おいおい、いつもそんなんじゃ、店の売り上げが計算と合わなくなっちゃわないか？」

「ええ、いまだにしょっちゅう合いませんねえ。僕、どうもよく釣り銭を間違えるらしくて。まあ、多めに渡す間違いのほうが多いみたいだから、いいんですけど」

「いや、それ商売人としては全然よくないだろ」

「はは、そうですねえ。すぐに計算しますからちょっとお待ちを」

「……大丈夫なのかよ、経営」

どこまでも大らかに笑いながらカウンターの奥に引っ込む茨木を見やり、俺は呆《あき》れて溜《た》め息《いき》をついた……。


そんなわけでその夜、我が家のダイニングテーブルには、このマンションに越してきて初めて、ゴージャスな手料理が所狭しと並ぶこととなった。

「こんな贅沢な材料使っちゃっていいの？　これじゃあ、俺の腕とか関係なく勝手に美味《おい》しいものができちゃうよ」

調味料を大量に抱えてやってきた間坂君は、嬉しそうにそう言いながら、俺と茨木が思いつくまま適当に買ってきた食材を、即興でテキパキ調理してくれた。

俺は料理はからっきしなので感心して見ているだけだったが、普段それなりに自炊しているという茨木は、野菜を切ったり使った調理器具を洗ったりと、控えめに間坂君を手伝っていた。

引っ越してきたときに一応買ってはみたものの、ほとんど使ったことがなかった包丁もまな板もボウルも鍋《なべ》も、ようやく日の目を見たというわけだ。

ササミでチーズと梅肉を巻き込んだ揚げ物、豚キムチ炒《いた》めの卵とじ、軽く焼いた貝柱と大根のサラダ、たたきオクラのぶっかけ素麺《そうめん》、生姜《しょうが》ご飯……。

夏だから、さっぱりした料理とスタミナのつく料理を両方作ってみたと間坂君が言うとおり、いかにも食欲をそそるメニューを片っ端から味わいながら、俺はタイミングをみて話を切り出した。

「で？　相談って何？　楢崎先輩とケンカでもしたのか？」

ご飯に豚キムチを乗せてかっ込んでいた間坂君は、ギクッとした様子で箸《はし》を止め、茶碗《ちゃわん》をテーブルに置いた。その野生的な顔が、今は妙に切羽詰まった感じに見える。

「あの……あのさ、二人はつきあってるわけだろ、今」

ストレートに問われ、俺は照れて口ごもり、茨木は屈託のない笑顔で頷いた。

「はい、そのとおりですが？」

茨木がマイルドな性格なのは確かなのだが、それに加えて「臆面《おくめん》がない」というものすごい強みがあるような気がする。現に俺は、茨木が取り乱したところはただ一度しか見たことがないし、照れたところは一度も見たことがない。

まあそれはともかく、間坂君は身を乗り出し、テーブル越しに俺と茨木の顔を交互に見て言った。

「俺は？　俺と楢崎先生のことは、どう見えてる？」

茨木は怪訝《けげん》そうに問い返す。

「どう、とは？」

「つきあってるように見える？　それとも、そんなふうには見えない？」

茨木は茶碗と箸を持ったまま、眼鏡の奥の目を丸くして小首を傾げた。

「つきあってらっしゃるというより、もう一緒にお住まいなんでしょう？　僕はお宅にお邪魔したことはありませんが、京橋先生からお二人の暮らしぶりについて、とても微笑《ほほえ》ましい話をお聞きしましたよ。……ねえ？」

話を振られて、俺もそのときのことを思い出して頷いた。

「うん。俺、二度ほど晩飯に呼んでもらったけど、楢崎先輩と間坂君、すごく仲よくやってるっぽかったじゃん。……その、イチゴあーん、とか……」

いまだに信じられない光景なのだが、あのクールで理知的で、病院ではどこか近寄りがたいオーラを放っている楢崎先輩が、自宅では間坂君が差し出す食べ物を口で受け取ったり……俺が同席したときは俺に気兼ねして未遂だったものの……しているらしい。普通、そういう行為をするのは、とても親しい間柄の人とだけだろう。

俺がそう言うと、間坂君は泣き出しそうな顔で大きな口をへの字に曲げた。

「だよね。俺もさ、確かに最初は押しかけ同居だったけど、追い出さずに置いてくれてるし、先生、俺のことちょっとは好きになってくれたのかなって思ってたんだ。それが……」

俺は、カリッと揚がったササミのフライを頰張りながら訊ねてみた。

「違ったのか？　先輩も、間坂君に滅茶苦茶《めちゃくちゃ》好かれてるの、まんざらでもないようなこと言ってたのに」

「マジで？　いやでも……やっぱ先生、今は俺でガマンしてくれてても、近い将来的には女の子と結婚したいと思ってるんじゃないかなって思ってさ」

そう言ってしょんぼり項垂《うなだ》れる間坂君に、今日何度目かもう忘れてしまったが、俺と茨木は顔を見合わせた。互いに視線で発言を押しつけ合った挙げ句、結局俺が折れて口を開く。

「そんなこと言うってことは、具体的に何かあったのか？　楢崎先輩に、出て行けって言われたとか？　まさか、結婚の予定……はないだろ？　俺、何も聞いてないし」

間坂君は、大きな背中を丸めてぼそりと答えた。

「それが……楢崎先生、お見合い、するみたいなんだ」

「お見合い!?」

俺と茨木の声が見事にシンクロする。間坂君は立ち上がり、持ってきたバッグの中から何かを取り出して戻ってくると、それを俺と茨木の鼻先で広げた。

「うわ、これはまた絵に描いたようなお見合い写真ですね」

茨木は間の抜けた声で感想を述べる。確かに、立派な台紙にセットされているのは、振袖《そで》姿の若い女性の写真だった。俺自身にお見合いの経験はないけれど、ドラマなんかでよく見るタイプの正統派お見合い写真だ。きっと、いい家のお嬢さんなんだろう。

「先生が置いてったやつ、勝手に持ち出してきちゃった。……これ、先週、先生の実家から送られてきた封筒に入ってたんだ」

「確かに……これ、どっから見てもお見合い写真だな。でも写真が送られてきたからって、先輩がお見合いすると決まったわけじゃないだろ？　そう聞いたのか？」

間坂君は、テーブルの脇《わき》に突っ立ったまま、力なくかぶりを振った。

「先生、俺にはその写真見せずにしまっちゃったから。掃除してて、偶然見つけて……つい見ちゃったんだ。何か履歴書みたいなのもついてた、その女の人の」

「ああ、釣書ですね。それはますますお見合いの様相だ」

茨木の言葉に、間坂君は半泣きの顔になる。俺は慌ててフォローしようとした。

「で、でもっ。写真と釣書を受け取ったからって、ホントにこの人と会うとは限らないじゃん」

「それが……先生、この日曜、昼間に出かけるって。昨日の夜、時間があるときに用意しなきゃなって、いちばんよさそうなスーツにブラシかけてた」

「だから、それがお見合いとは限らな……」

「思い切って、お見合いか何か？　って訊《き》いてみたら、だったらなんだ、お前に関係ないだろうって睨まれた」

「うっ……うぅーん……」

俺は言葉に窮してしまった。普通なら肯定とも否定ともとれる返答だが、楢崎先輩はもって回った物言いをしない人だ。違うなら違うと即座に否定したことだろう。茨木も同じ印象を持ったらしく、気の毒そうに言った。

「それは……どうもやはり、本当にお見合いのようですね」

「ううう。だよね。俺もそう思って。……俺、やっぱ邪魔なのかな。お見合いして結婚決めてから、お前出てけって言われるのかなって……」

ぽろり、と音がしそうな勢いで、間坂君のギョロ目から涙がこぼれる。俺はすっかり慌ててしまって、弾《はじ》かれたように立ち上がり、彼の日焼けした顔を覗《のぞ》き込んだ。

「そ、そ、そんなわけないだろ。楢崎先輩、一見冷たそうに見えるけど、本当はすっごく面倒見のいい人だし！」

「だから、出て行けって言いにくいのかも。さすがに結婚するって聞かされたら、いくら頭の悪い俺でも、自分が邪魔だってわかるもん。そうするつもりで今は黙ってるんじゃないかと思うんだ」

「う、うああ……そ、それは……」

フォロー大失敗だ。俺の言葉でますます追いつめられた気持ちになったのか、間坂君はあとからあとから溢《あふ》れる涙を、外したエプロンでゴシゴシと擦《こす》っている。

「えっと……あの、うう」

大泣きする間坂君とアワアワと狼狽《うろた》えるばかりの俺を見かねたのだろう。茨木は軽く嘆息すると立ち上がり、俺と間坂君の肩を同時にポンと叩《たた》いた。

「とにかくお二人とも、ここで動揺していても仕方がないでしょう。まずは座ったら如何《いかが》です？」

もっともなアドバイスに、俺たちは言われるがままもさもさと自分たちの席に戻る。

「お写真を持ち出したことが楢崎先生にばれたら、怒られるどころではないでしょう。大切なものですから、まずこれをしまったほうがいいですね」

ただひとり冷静な茨木は、そう言ってお見合い写真を間坂君に差し出した。間坂君はまだグスグス洟《はな》を啜《すす》り上げつつ、従順に写真を鞄《かばん》にしまい込む。

茨木は、再び椅子《いす》に座った俺たちを見て、まるで聞き分けのない小学生を相手にした教師のような口調で言った。

「確かに楢崎先生がお見合いに行かれる可能性は高いですが、だからといってあの写真の方と結婚なさるとは限りません。お二人とも、慌てすぎです」

「そ、それもそうだよな」

俺はちょっとホッとして頷いたが、間坂君はまだ浮かない顔でボソリと言い返してきた。

「だけど……先生がお嫁さんもらうことを考えてるなら、俺、やっぱ先生んちにいちゃいけないだろうなって思うし」

「それも早計ですよ、間坂君。楢崎先生が実際にそうおっしゃったわけではないでしょう」

「う、うん。でも」

いくら理路整然と諭されても、気分は晴れないのだろう。間坂君は大きな口を一文字に引き結び、俯《うつむ》いたままだ。

俺だって、自分が間坂君の立場なら、すごく不安になると思う。男同士で、しかも立場的には居候の間坂君は、楢崎先輩と将来の約束も何もなく、ただ先輩を好きな気持ちだけを抱えて傍《そば》にいるのだから。

「でも……心細いよな」

思わず漏れた呟《つぶや》きに、間坂君は赤い目を瞬《しばたた》かせ、何度も頷く。茨木は嘆息してしばらく考え、そして少し悪戯《いたずら》っぽい目をしてこう言った。

「だったら、見に行きましょうか。我々みんなで」

「へ？ 何を？」

訊ねると、茨木は人差し指を立ててあっさり言った。

「もちろん、楢崎先生のお見合いの成り行きを、ですよ。そうすれば、本当にそれがお見合いなのか、先生が何を考えておられるか、ハッキリするじゃありませんか」

「そ、それはそうだけど……そんなドラマみたいなこと、マジですんのか……？」

「ばれたら先生に滅茶苦茶怒られちゃうよ〜」

俺と間坂君が口々に異議を唱えても、茨木は少しも動じず言い返してきた。

「ですが、ただめそめそ泣いたり勘ぐったりしていても、ただの悪循環です。それなら、楢崎先生を追跡して、ことの真相を自分たちの目で確かめたほうが早いし確実でしょう」

あまりの正論に、間坂君も俺も言葉を失う。茨木は、普段の温厚な笑顔と口調のまま、しかし妙な説得力を持って言葉を継いだ。

「間坂君ひとりで追跡と事実確認をするのが難しいなら、僕らが手伝って差し上げればいい。心配も相談も、それからで十分です。というより、それからにすべきではないでしょうか。ここで憶測でものを言っていても、埒《らち》があきませんからね」

間坂君がビックリして口をパクパクさせるばかりなので、一足先に我に返った俺が口を開く。

「確かに……そうだけど……。まさか、茨木さんがそんな過激なこと提案するとは思わなかった」

「おや、そうですか？　理論的な判断をしたと思うんですが。それとも、そこまでのお節介は必要ありませんか、間坂君。それならそうと……」

「ひ……必要あるあるあるッ！　でも、ホントに俺と一緒に来てくれる？　俺……ひとりだとそんなことする勇気出そうにないんだけど、助けてくれる？　もし先生に見つかっても、一緒に怒られてくれる？」

まさにすがるような間坂君の問いに、茨木は優しく笑って頷き、俺を見た。

「僕はかまいませんよ。どうせ日曜は休みですし、僕はそもそも、楢崎先生にはあまり愛されていませんしね。この上お叱《しか》りを受けることになっても、僕の評価に変わりはないでしょう。京橋先生は？」

俺ももちろん、即座に頷いた。

「俺だって行くよ。今週は当直入れてないし、間坂君に旨い飯のお礼もしたいし、その……なんていうか、野次馬根性って言われるかもだけど、俺も後輩として、ホントのとこどうなってんのか知りたいし」

「うわあ……なんか、二人にそう言ってもらえるだけで、俺、だいぶ勇気出た！　ありがとね！　よろしくお願いしますっ」

なんだかおかしな話の流れになってしまったが、間坂君が本当に少し元気を取り戻した顔でそう言ったことに、俺もひとまず胸を撫で下ろした。

食事を終えて間坂君が帰ったあと、俺と茨木は残った食べ物を冷蔵庫にしまい、洗い物に取りかかった。

茨木が洗った食器を、俺が布巾《ふきん》で拭《ふ》いてテーブルに重ねていく。

「しっかし、楢崎先輩がお見合いなんて、信じられないなあ」

俺がそう言うと、茨木は手元の食器に視線を落としたままで苦笑いした。

「そうですか？　年齢を考えれば、不思議はないと思いますが。あなたにも、そういうお話が来るのでは？」

「俺？　ないよ。俺には親もいなけりゃ親戚もないし。上司だって、そっち方面にはあんまり世話焼きじゃないみたいだしさ」

「よかった。それを聞けただけでも、今夜、間坂君の相談に乗った甲斐《かい》がありました。安心しましたよ。当分、あなたを誰かに突然奪われる心配はないわけだ」

そこで初めて顔を上げ、茨木は俺を見て微笑む。やけに嬉しそうな顔をする茨木に面食らって、俺は思わず視線を明後日《あさって》の方向に逸《そ》らした。

「またそんな大袈裟なこと言う。そ、それより、問題は間坂君のことだって。なんか、追跡とか……大丈夫かな、ホントに。できんのかな。俺たちみんな、探偵でもなんでもない素人《しろうと》なのにさ」

「あなたは外見からは呑気そうに思えるのに、ずいぶんと心配性ですね。なんとかなりますよ。まさか僕らが見ているなんて、楢崎先生も想像だになさらないでしょうし」

「それはそうだけど……」

「はい、これで最後です」

皿を洗い終えた茨木はキュッと水を止め、濡《ぬ》れた皿を俺に差し出した。それを受け取ってごしごし拭いていると、茨木は気持ちよさそうに伸びをする。

「ああ、それにしてもクーラーは素敵ですね。気持ちがよすぎて、自分の家に帰るのが嫌になります」

「やっぱ、家にクーラーないんだ？　それじゃ、寝苦しいだろ、ここんとこずっと暑いし」

「熱帯夜ですからね。ろくに眠れません」

「だろうな……」

そこで不意に会話が途切れる。

「そ、その……」

「はい？」

眼鏡越しに、茨木の茶色みがかった瞳がもの問いたげに俺を見る。なんだか軽く誘導された気がしつつも、俺は奴を誘ってみた。

「よかったら……と、泊まってくか？」

「ええ、あなたがよろしければ。ちょっと久しぶりですから、いろいろさせていただきたいですしね」

即答だった。やはりその誘いを期待していたらしい。というより、茨木がさりげなく口にした言葉が、俺の頬に血を上らせた。

「い、いろいろっ⁉」

「ええ、いろいろ」

「いろいろって……ど、どんな……」

「そうですねえ、見たところ、掃除とアイロンがけといったところでしょうか。掃除機はもう近所迷惑でしょうが、フローリングですからモップで十分ですし」

「あ……ああ、そういういろいろ……」

「おや、その『いろいろ』ではご不満ですか？」

にこやかにそう言って、茨木は俺の手から皿と布巾を取り上げ、テーブルに置いた。ついでに眼鏡もヒョイと外されてしまう。

「べ、べつに……」

微妙な意地悪に対する反撃を考える間もなく、茨木の手が俺の腰を引き寄せた。荒々しさなど欠片《かけら》もない動作なのに、その大きな手をTシャツ越しに感じた途端、なぜか抗《あらが》うことができなくなる。

「では、そのあとでもっとほかのいろいろも」

囁きとともに、啄《ついば》むようなキスをされた。真っすぐに求められると、ちょっと意地っ張りなところのある俺も、素直に応じることができる。料理をする間坂君のためにクーラーを少し強めにしたままだったので、茨木の背に腕を回して味わう温《ぬく》もりが妙に嬉しかった。

「……しても、いいですか？」

キスの合間に、茨木は律儀に訊ねてきた。女の子扱いというほどではないけれど、妙に大事にされるとかえって気恥ずかしい。というより、男であるがゆえに、お互いその気であることは隠しようもないわけで……。

「いいに決まってんだろ」と言う代わりに、俺は自分から茨木に口づけ、その短い髪を両手でグシャグシャにした。


「っ……あ、はっ……」

暗い寝室に響く自分の声と荒々しい呼吸が恥ずかしい。

ベッドの上で、俺は茨木に組み敷かれていた。茨木は俺が貸したTシャツとジャージを着たまま、一方の俺は、Tシャツは胸までたくし上げられ、ジャージは下着ごとむしり取られている。

つきあい始めてから、茨木は何度かうちに泊まっているし、こういうシチュエーションもそのたびにあった……のだが、彼はまだ一度も、最後までしようとはしない。なぜかと問いかけた俺に、茨木はとてもクリアに答えてくれた。

「あなただって男ですから、抱かれることには抵抗があるでしょう。焦らなくても、じっくり時間をかければいいんですよ」

確かに彼の言うとおり、知識で知ってはいても、実行に移すとなるとまだ抵抗がある……とまでは言わなくても、少々怖《お》じ気《け》づく。それでも、互いの身体に触れ合い、相手を愛撫《あいぶ》して高め合う行為には、俺もずいぶん慣れ、自然に受け入れることができるようになってきていた。

それなのに。

今夜の茨木は、頑として服を脱ごうとしないし、眼鏡もかけたままだ。そればかりか、俺に彼自身に触れさせることさえ許さないのだ。

結果として、俺はひとり半裸にされ、茨木の巧みな手で追い上げられていた。

「くっ、う……」

「駄目ですよ、指を噛《か》んだりしたら。お医者さんの大切な手でしょう?」

ひとりだけ喘《あえ》がされでいるのが悔しくて、半ば無意識に口に持っていった手を、茨木はやんわりと、けれど容赦なく外してしまった。もう一方の手は、その間もやわやわと俺自身を苛《さいな》み続けている。

「だ……って……っ」

「だって、なんです？」

答えを促すように、俺の張りつめた芯《しん》を嬲《なぶ》る茨木の手に力がこもった。それがもたらした軽い痛みが、よけいに興奮を煽《あお》る。

「あッ！　だって……ず、るいっ。なんで、俺だけ……んっ」

抗議の言葉さえまともに発することができない俺の顔を見下ろしながら、茨木は妙に楽しげに答えた。

「今夜はそういう気分なんです」

そんな言葉とともに、ジェルを絡めた指が後ろに差し入れられる。俺自身が知らなかったポイントを過《あやま》たず指先で突かれ、我慢のしようもなく腰が跳ねた。

「この……どＳッ……！」

必死で吐き出した罵倒《ばとう》の言葉も、茨木にとっては睦言《むつごと》にでも聞こえているらしい。熱くなった俺の耳にキスして、彼はそのまま耳元で低く囁いた。

「そのあたりの判断は、あなたの気の持ちようですよ」

「……え……？」

「自分のことは置いておいて、とにかくあなたに奉仕したいんです……といえば、少々Ｍっぽい感じがしませんか？」

「た……確かに、少々っつかだいぶＭっぽいかも、だけど……っ」

「でも、一方的にあなたが僕の手で乱れるさまを鑑賞したい……と言えば、非常にサディスティックですよね。つまり、同じ行為でも解釈次第ということです」

「んっ……で、結局、どっち……あ、ふっ……」

自分がこぼした雫《しずく》のせいで、茨木の手の動きがどんどん滑らかになっていくのがわかる。喋《しゃべ》りながらのゆったりした愛撫に切ないほどの衝動が下腹部に蟠《わだかま》り、俺はなすすべもなく身を捩《よじ》らせた。

「さあ、どっちでしょうね。……それに、京橋先生。さっき僕はいろいろさせてくださいとは言いましたが、あなたにさせるとは言っていませんよ」

「……ん、んな、こと、あ、ああっ……！」

結局、茨木の言葉と手の両方に翻弄《ほんろう》され、俺は汗で湿ったシーツの上で、いいように追い上げられるしかなかった……。


「なあ……ホントによかったのか、あんたのほうは」

シャワーを浴び、シーツを換えて寝床に並んで横たわってから、俺は恥じらいを堪《こら》えて茨木に訊ねた。結局茨木は、最後まで俺に触れさせてくれなかったからだ。

だが俺の問いかけに、茨木は逆にひどく照れくさそうな顔をした。今は眼鏡がないので、表情がいつもよりダイレクトにわかる。

「いいんですよ。正直に申し上げると、少々夏バテ気味なんです」

「あー……そういや、夕飯もあんま食えてなかったもんな」

「そうなんです。お恥ずかしい限りで」

「っていうか、だったらさっき素直にそう言えばよかっただろ！　変な理屈こねたりしないでさ！」

「あはは。あれは少し意地悪がすぎましたね。ごめんなさい。……クーラーなしの生活が予想以上にこたえているようです。寝苦しくて冷たいシャワーを浴びたくても、共用ですから夜中に水音を立てるわけにもいきませんしね」

「あー……なるほど」

「涼しい部屋で眠れるのが、こんなに素敵なことだとは思いませんでした」

素直に弱音を吐き、茨木は気持ちよさそうに目を細めた。確かに、省エネ設定にしていても心地《ここち》よい風が来る。夜だというのに、外の暑さは推して知るべしだ。

「そんなに暑いなら、いっそ夏の間、うちに住めば？　どうせ一人暮らしには広すぎるんだしさ、この部屋」

そう言ってみたら、茨木は嬉しそうに相好を崩し、けれどかぶりを振った。

「とても魅力的な提案ですが、僕は大丈夫ですよ」

「でも、やっぱいろいろ大変そうだし。あ、べつに同情とかそんなんじゃないけど」

「わかっていますよ。ただ、ご心配には及びません。実際、思ったほど生活が逼迫《ひっぱく》しているわけではないんです。まだ貯蓄に余裕はありますし、売店も店長代理をやるはめになってしまったので、思ったよりお給料をたくさんいただけていますしね」

「そうなんだ？　だったら、クーラーくらいっていうか、せめてバストイレつきの部屋に住めばいいのに」

「そうなんですけどね」

茨木はクスッと笑って、俺の湿った髪をふわりと撫でた。そして、独り言のような調子でこう言った。

「たぶん、これは願かけのようなものなんだと思います」

「願かけ？」

「生活を切りつめないといけないくらい医療費が嵩《かさ》めばいい。つまり、そのくらい長く父が生きていてくれればいいのに……と。もっとも、もう意識が戻る可能性は極めて低いそうですし、淡い望みだとは思うんですが」

「あ……」

淡々と告げられた言葉に、俺は絶句した。茨木の父親は、末期の脳腫瘍《のうしゅよう》でＫ医大に入院している。父親の傍にいるために、茨木はそれまでの生活を捨てたのだ。

長く疎遠だった父親と、少しでも長い時間一緒にいたい。そんな気持ちが悲しいほどわかって、胸が痛んだ。

「今、病状は落ち着いてるんだろ？　意識が戻る可能性は低いっていっても、脳のことはまだよくわかんないんだし……変に期待持たせるようなことを医者が言っちゃ駄目だけど、想定外のことだって起こるかもしれない」

「ええ。僕も、そんな奇跡が起こって、もう一度父と言葉を交わせるといいと思っています。だからこその願かけなんですよ。……そんなに一生懸命気遣ってくださって、ありがとうございます」

至近距離で愛《いと》おしげに見つめられると、さっきの行為と相まってどうにも気恥ずかしい。

「んなことで、いちいち礼なんか言うなよ。……あ、明日もお互い仕事だろっ。寝ようぜ」

そう言って寝返りを打ち、俺は茨木に背中を向けた。吐息混じりの笑い声が聞こえて、パチンとスタンドライトが消され、背後からふわりとウエストに腕を回される。

「くっつくと暑いでしょうから、この程度で。……おやすみなさい」

「お……おやすみ……」

一応身体は離れていても、背中に茨木の体温をじんわりと感じる。そのことにどうしようもなく安心する自分に照れつつ、俺はギュッと目をつぶったのだった。

＊　　　　＊

そして日曜日。

俺たちは事前の打ち合わせどおりに「秘密のミッション」を開始した。

正午過ぎ、パリッとしたスーツに身を包んだ楢崎先輩が家を出てすぐ、間坂君から俺に報告の電話が入った。

俺の家で待機していた茨木と俺は、直ちに出発する。

大柄な間坂君がつけるとすぐにばれてしまうので、楢崎先輩の追跡は俺と茨木ですることにした。先輩の目的地がわかり次第、間坂君に来てもらう手はずだ。

幸い、車を持っていない先輩は、電車で目的地に向かうつもりのようだった。駅に向かって歩く楢崎先輩を、俺と茨木はスパイよろしく適当な距離を空けて、しかも中腰で建物の影に隠れながら追いかけた。

足早に歩いて行く先輩を追いかけるのは楽ではなく、しかもスーツを着込んでいるので、俺も茨木もすぐに汗みずくになってしまう。べつに俺たちまでスーツ姿でなくてもよかったのだが、先輩がドレスコードのある場所に入る可能性を考慮したのだ。

「……意外と大変だな、これ」

早くも泣き言を言う俺に、茨木はいたずらっ子のような顔で言った。

「そうですか？　僕は小さい頃、探偵になりたかったのでなんだか嬉しいですが。……それより」

「ん？」

「京橋先生のスーツ姿は非常に素敵ですが、僕のほうはどうですかね」

「！」

「久しぶりにスーツを着たので、ちょっと自信がないんです。ですからあなたの評価をお聞きしたいと」

こんなときに呑気なことを言い出した茨木に、俺は目を剝《む》いた。

確かに今朝《けさ》、うちにやってきた茨木を見たときは驚いた。普段はラフな服装にエプロン姿の茨木が、いかにもオーダーメイドの仕立てのいいスーツを纏《まと》って現れたからだ。

渋いグレイのスーツに襟首がぴったり合ったシャツ、それにブルーグレイのネクタイ。髪もムースをつけてかっちりまとめた彼は、いかにもスーツを着慣れているふうで、見違えるように格好よかった。きっと以前の生活では、頻繁にスーツを着る機会があったのだろう。面と向かって褒めるのは恥ずかしいので何も言わずにいたら、相手から直球で問われてしまった。

「こ……こんなときに、んなこと言ってる場合かよ」

「いいじゃないですか。楢崎先生からは、僕が目を離さずにいますよ」

だから自分を見て、スーツ姿の感想を言えということらしい。仕方なく、俺は茨木をチラと見てから楢崎先輩に視線を戻し、足を止めずにボソリと言った。

「……すごくかっこいい」

「ありがとうございます。とても嬉しいですよ。……もう一声あると、さらに嬉しいんですが」

傍らから聞こえてくる茨木の声は、あからさまに弾んでいる。

「……もう一声ってなんだよ」

「希望としては、『惚《ほ》れ直した』とか」

「……言ってろ、馬鹿！」

臆面がないにも程がある茨木の軽口に呆れ、そのくせ同時に照れる自分にも苛立《いらだ》って、俺はドカドカと足を速めた。


楢崎先輩が向かった先は、電車で五駅離れた場所にあるホテルだった。このあたりでは最も高級なホテルの一つだ。

連絡してすぐタクシーに飛び乗ったらしく、間坂君は十分ほどで汗も掻かずに追いついてきた。こちらもやはりスーツを着ているが、ジャケットもシャツも少しサイズが小さいらしく窮屈そうだ。

「先生は？」

忙《せわ》しい口調で訊ねる間坂君に、茨木は背後を指さした。

「喫茶コーナーにおられます。ほら、あそこ。見えるでしょう」

俺たちはロビーのソファーに陣取り、そこから少し離れた喫茶コーナーを見張っていた。庭園に面した喫茶コーナーはロビーより一段低いので、そこに背を向けて据えられたソファーに深く座ると、俺たちの姿を先輩に見られる心配はない。格好の監視場所だ。

先輩は窓際の席に落ち着き、美しい日本庭園をガラス越しに眺めながらコーヒーを啜っている。片手の指がテーブルを無意識に叩く様子は軽く苛立っているように見えた。

「先生、ひとりだね。誰か待ってるのかな。……その、お見合い相手とか」

「おそらくはそうでしょうね。ああ、噂《うわさ》をすれば影だ」

茨木の言葉に、俺と間坂君はソファーの脇から首を突き出し、楢崎先輩のテーブルを凝視した。

なるほど、淡いピンク色の上品なスーツを着た若い女性が、楢崎先輩のテーブルに向かっている。見せられた見合い写真の女性と同一人物かどうかまではわからないが、彼女は少し迷ってから、思い切った様子で楢崎先輩に声をかけた。先輩も、すぐに立ち上がって一礼する。

俺は茨木を見た。

「あれがお見合いの相手みたいだな」

「ですね。今どきの、当人たちだけで会って話すお見合いなんでしょう。おや？」

「あれっ？」

茨木と間坂君の驚きの声が重なる。

そのまま席についてお見合いを始めると思われた二人だったのだが、すぐに女性のほうが席を立ってしまったのだ。

楢崎先輩も席を立ち、素早く会計を済ませて女性のあとを追う。間坂君は首を傾げた。

「場所、変えるのかな。食事するとか」

「いや……やばいっ、隠れろ。二人とも、こっちに来るぞ！」

俺は慌てて間坂君の頭を押さえ、自分もソファーに深く身を沈めた。茨木も同様に身を隠し、成り行きを見守る。

女性はさっき通ってきたばかりのエントランスに真っすぐ向かい、楢崎先輩も渋い顔でついて行く。俺たちはソファーから離れ、二人を追いかけた。すると……。

女性は待っていたタクシーに乗り込んだ。楢崎先輩も乗り込むのかと思いきや、助手席の窓から運転手に何かを手渡している。おそらく折り畳んだ紙幣だろう。

女性を乗せたタクシーはそのまま走り去り、楢崎先輩は車を見送ることもせず、ホテルに戻りもしなかった。そのまま彼もこの場所から去ろうとする。

「おや、もうここでの用事は終わりですかね」

「そうみたいだな……って、おい、間坂君っ！」

「おやおや」

また楢崎先生の追跡が始まるのかと思いきや、間坂君は立ち上がり、猛烈な勢いで駆け出した。向かったのは、無論楢崎先輩の歩いて行った方向だ。思いがけない展開に、ただ見ていることに我慢できなくなったのだろう。仕方なく、俺と茨木も間坂君を追いかけた。

はたして、ホテルからほんの少し離れた路上で、間坂君は楢崎先輩を呼び止めていた。叱られるのを覚悟で、俺と茨木も二人に歩み寄る。

ぞろぞろとスーツを着込んで現れた俺たちに、楢崎先輩は一瞬呆気にとられた様子だった。その怜悧《れいり》な眉間《みけん》に、みるみる不機嫌な縦皺《たてじわ》が刻まれていく。

「な……まんじ？　チロ？　おまけに売店？　お前ら、いったいなんだ。ここで何してる⁉」

「すいません」

代表して頭を下げた俺を、先輩は腕組みして険しい顔で詰問してきた。

「謝れと言ってるんじゃない。なんのつもりだと訊いてるんだ」

空には雲一つなく、太陽はかんかん照りなのだが、先輩の全身から出ているぴりぴりしたオーラで鳥肌が立ちそうだ。間坂君も、怯《おび》えた犬みたいに大きな身体を思い切り縮こめて棒立ちになっている。楢崎先輩を思わず呼び止めたものの、何をどう説明していいかわからないのだろう。さすがの茨木も、所在なげに俺の横に無言で立っているばかりだ。

ここは自分がひとりで怒られるつもりで、俺は頭を上げ、正直に打ち明けた。

「実は今日、先輩がここでお見合いをするって訊いて……で、真相を確かめに来たんです。その！　俺が言い出して、茨木さんと間坂君はつき添い……」

「な、わけがないだろう、馬鹿が。嘘《うそ》はもっと上手くつけ。お前がこいつらに頼んだんだな、まんじ」

「………………」

間坂君は巨体を小さくしたまま、こくこくと頷く。

「で、チロはお人好《ひとよ》しなもんだからのこのこやってきて、お前はどうせ面白がってついてきたんだろう、売店」

「……せめて茨木と呼んでくださいよ、楢崎先生」

「うるさい。まったく、物見高い奴らだ。誰が見合いなんぞするか。馬鹿馬鹿しい」

楢崎先輩はそう言い捨てて歩き出した。俺たちも仕方なく、ぞろぞろとつき従う。

「でも……お見合い写真、持ってたじゃん。それに、さっき女の人と会ってた。あれ、お見合い相手じゃないの？」

間坂君はようやく勇気を振り絞ったらしく、犬の散歩よろしく楢崎先輩にまとわりついて問いかける。早足で歩きながら、楢崎先輩はツケツケと答えた。

「実家の両親が勝手にセッティングした見合いだったんだ。だが、俺には結婚する気なんぞ今はないんでな。相手に直接会って断って、帰りの交通費を出した。それだけの話だ」

「ホント？　ホントに？　じゃあ、俺、出て行かなくていいの？　先生、お嫁さんもらって俺が邪魔になるんじゃないの？」

「……あのな。だったら直接そう言う。俺がお前に気兼ねする必要なんてどこにもないだろうが」

「それはそうだけど……じゃあ俺、先生の傍にいていいの？　ホントに俺のこと邪魔じゃないの？　俺、鬱陶《うっとう》しくないの？」

マシンガンのような間坂君の質問攻撃に、先輩はうっと言葉に詰まり、足を止めた。数秒の沈黙を経て振り返った先輩は、これまで見たことがないほど奇妙に歪《ゆが》んだ顔をしていて……顔も微妙に赤らんでいる。

息を呑《の》んで固まった間坂君を睨みつけて、楢崎先輩は最高に尖《とが》った声を叩きつけた。

「お前はありえないくらいかさばって、最高に鬱陶しいっ！」

「う、ううう」

辛辣《しんらつ》な一言に、間坂君は可哀相《かわいそう》なくらいにしょぼくれる。だが楢崎先輩はそのまま一息にこう続けた。

「とはいえ、お前はそれをカバーしてあまりあるくらい俺の世話を焼いているだろうが。

……つまり、そういうことだッ」

　どうやら楢崎先輩は最高に照れながら、彼に言える範囲で最大級の感謝の言葉を間坂君に告げたらしい。それにしても、恐ろしく素直でない台詞だ。

「…………？　あ！」

　ポカンとしていた間坂君だが、ようやく楢崎先輩の言葉の意味が理解できた瞬間、満面の笑みでガッツポーズをする。

「やった！　じゃあ俺、先生と一緒にいていいんだっ！　いいんだー！」

「馬鹿野郎、天下の往来で闇雲《やみくも》に大声を出すんじゃない。わかったらとっとと帰るぞ。お前らもだ、チロ、売店」

　楢崎先輩は憤死寸前の顔で吐き捨て、再び歩き出そうとする。だがそれまで黙っていた茨木は、晴れやかな笑顔でこう言った。

「せっかくの日曜ですし、みんなドレスアップしているんです。このまま帰るのはもったいないですねえ」

「……ああ？」

　楢崎先輩は鼻筋にしわを寄せて、槍《やり》のように鋭い視線を茨木に向ける。だが茨木は、楢崎先輩の怒気などさらりとスルーして、こんなことを言った。

「せっかくここまで来たんですし、どこかへ寄って行きませんか？」

茨木の提案に、楢崎先輩は眉間《みけん》を片手で押さえ、呻《うめ》くように言った。

「どこかへってどこだ。この期に及んで、野郎四人で茶でも飲むつもりか？」

「お茶も素敵ですが、もう少し記憶に残るような……ああそうだ、滅多にない機会ですから、映画など如何でしょう。確かこの近くに映画館があったはずですよ。それでしたら暑い中歩き回る必要もありません」

そのアイデアに、すっかり元気いっぱいモードに戻った間坂君は弾んだ声を上げた。

「あっ、それなら俺、見たいのあるんだ。ほら、あの海賊ものの三作目、今やってるでしょ？　一作目と二作目は先生とＤＶＤ借りてきて見たけど、三作目は映画館のでっかい画面で見たいな」

「あ、あれ、間坂君たちも見たんだ。俺もわりと好きだよ。茨木さんは？」

「僕は生憎《あいにく》見たことがないんですが、いきなり三作目でもわかりますかね？」

「わかるんじゃないかな。っていうか、それまでのことが全然わかんなくても面白いと思うよ、たぶん」

俺がそう言うと、間坂君もうんうんと盛んに頷く。

「きっと大丈夫！　楢崎先生も見たいって言ってたよね？　せっかくだし、行こうよ」

「……仕方ないな。極めて渋々だが、つきあってやる」

楢崎先輩は、やはり険しい面持ちのまま、けれど拍子抜けするほどあっさりと承知した。

面と向かって話していると、恥ずかしい台詞をぶちかましたばかりなだけに恥ずかしいだろうが、映画館なら顔を合わさずに済むからだろう。

それで我々は、駅前のショッピングセンター内にあるシネコンに入った。

週末だし人気のある作品なので、てっきり映画館は混んでいると思ったのだが、予想に反して空いていた。公開されてずいぶん経っているせいかもしれない。

おかげで中央やや前の見やすい場所に、俺たちは四人並びで座席を確保することができた。楢崎先輩と間坂君が並んで座り、その横に俺と茨木という配置で……よく考えると、これは過程こそ少々風変わりだが、事実上のダブルデートというやつなのではないだろうか。

(男四人でダブルデートって……!)

そう思うと急に羞恥《しゅうち》がこみ上げてきて、俺は思わず周囲を窺《うかが》った。無論それは自意識過剰で、まばらな観客の誰も、俺たちのことなど気にしていない。

席が決まるなり、間坂君は身軽に外へ出て行き、ほどなく四人分の飲み物と、大きな紙バケット入りのポップコーンを二つ抱えて戻ってきた。

「はい、外が暑かったから、飲み物は冷たい烏龍茶にした。あと、ポップコーンは二人に一つね。どうぞ~」

そう言いながら、間坂君はめいめいにドリンクを、そして茨木にポップコーンを配った。

もちろん、もう一つのバケットは自分が持っている。

「…………」

勝手にお見合い写真を見て、あまつさえあとをつけてきたことにはきっちり腹を立てているらしく、映画館に来てから楢崎先輩はずっと無言だ。間坂君から飲み物を渡されてもポップコーンを勧められても、ありがとうの一言さえ言わない。

けれど間坂君は、そんな刺々《とげとげ》しい楢崎先輩の世話をとても楽しげに焼いている。先輩がお見合いを断り、間坂君が傍にいることを許したのが、よほど嬉しいのだろう。

「あ、先生、ポップコーン食べたあと、服で手を拭いちゃだめだよ。せっかくいいスーツ着てるんだから。はい、ティッシュ」

「…………」

「あと、烏龍茶のカップにも露がついちゃうから、紙ナプキン巻いとこうね」

「…………」

ふて腐れた顔で、それでもされるがままの楢崎先輩は相変わらず超亭主関白で、間坂君はよく気のつく奥さんのようだ。もっとも、外見はどこまでもご主人に忠実な大型犬なのだが。

（アンバランスに見えて、でもなんかしっくりくる二人だよなあ……）

かいがいしく楢崎先輩に尽くしている間坂君の姿をぼんやり見ていたら、同じほうを見ていた茨木がぽつりと言った。

「残念ながら、僕にはあそこまではできませんねえ」

俺は慌てて両手を振って断る。

「し、しなくていいよ！　俺、自分のことは自分でできるしっ、そんなこと茨木さんに期待してないから！」

しかし茨木は、真顔でかぶりを振った。

「いえいえ、僕だって、あなたのお世話ならなんでもして差し上げたいとは思うんですよ。けれど……同じくらい、あなたが僕にいろいろしてくださるのも好きなもので」

「うっ……」

「あなたが僕のために一生懸命な姿が、とても来るんですよ。ここに」

茨木はそっと胸を押さえてみせる。

「ううう」

本人はからかうつもりなんて毛頭なく大真面目《まじめ》なのだろうが……この正面切った物言いは、何度経験させられても慣れそうにない。

俺が絶句していると、茨木は不思議そうに眼鏡の奥の優しい目を瞬いた。

「あれ？　どうかしましたか？」

「どうもこうもないよ。あんたって、ホントロ開けばお約束みたいに恥ずかしいこと言うよな」

「おや、そうですかね。僕はいつも、素直な気持ちを言葉にしているだけなんですが」

しれっと言ってのける茨木になんと言い返してやろうかと思案しているうちに、ブザーが鳴って場内が暗くなってしまった。俺は軽い敗北感を覚えつつ、仕方なく前を向く。

しばらくほかの映画の予告編や携帯の電源を切るよう促す映像が続いたあと、いよいよ映画が始まった。

大仰な音楽に乗って、一作目、二作目ですっかりお馴染《なじ》みになった海賊たちが暴れ回る。激しい嵐を乗り越え、軍隊の追跡を振り切り、この世の果ての島で宝を探し、淡い恋を実らせる……そんなサービスてんこ盛りの内容に、俺はすっかり引き込まれてしまった。

（あ、前作見てなくてもホントに大丈夫かな）

途中で心配になって茨木を見ると、彼もすっかり映画に魅了された様子で、薄く口を開いて画面に見入っていた。それでもやはり、「俺専用アンテナ」は健在らしく、すぐに俺の視線に気づき、「面白いですね」と声を出さず、唇の動きだけで言う。彼も映画を楽しんでいることに安堵し、俺は再びスクリーンに向き直った。

自宅で食べたいとはあまり思わないのだが、テーマパークや映画館で食べるポップコーンというのは、不思議なほどに美味しく感じられる。

映画に集中しつつも、ポップコーンを摘《つま》む手を休めることは難しく、俺は茨木が持ってくれているバケットにしょっちゅう手を突っ込んで、ポップコーンを食べ続けていた。

目はスクリーンから離さず、手探りでポップコーンを取ろうとするので、時折茨木とタイミングがかち合って、指先が触れた。中学時代、当時の彼女と初めて映画に行ったときの思い出が甦《よみがえ》って、懐かしさと恥ずかしさが一緒にこみ上げてくる。

（いい年して、何やってんだかな、俺……）

軽い自己嫌悪に襲われながらも、このくすぐったい思いは、とても優しく胸を温めてくれる。誰かを好きになる、その誰かに好きになってもらうというとても単純で根源的な……けれど、望んだからといって得られるとは限らない幸運。それが今、自分とともにあることを、しみじみとありがたく、嬉しく感じた。

映画のほうは、海賊が財宝を探し当てたものの、敵にそれを横取りされ、しかもヒロインを人質に取られるという最大のピンチに差しかかっている。間違いなく、今回のエピソード最大の山場だ。

ストーリーの展開に心を奪われつつも、俺のポップコーンを求める手は、半ば無意識であるものの、やはり止まらなかった。

そろそろ中身が減ってきて、ポップコーンを取るためにはかなり深くバケットに手を突っ込まなくてはならない。それでも、一生懸命バケットの底を漁《あさ》っていると……。

「もう、空っぽですよ」

俺の耳元に口を寄せてそう囁き、茨木が俺の手首を捕らえた。ギョッとして手を引こうとしたが、こんなときに限って茨木の力は妙に強くて、手首を掴《つか》む手は俺を解放しようとしない。

「ちょ……な、なんだよ。ふざけてないで、放せって。映画がいいとこなんだから」

ヒソヒソ声で咎《とが》めると、茨木はやはり俺の手首を捕らえたままで囁き返してきた。

「いいですよ、画面を見ていてください」

「見ていてくださいって、だって……！」

空っぽになったバケットを床に置き、茨木は俺の手をそっと握った。俺の指に、茨木の俺のそれよりほんの少し長い指が絡まる。

「………！」

暖かな手の感触に、ドキンと心臓が跳ねた。

「あのな……高校生かよ」

照れ隠しに悪態をついた俺に、茨木はとぼけた微笑で応《こた》える。

「いいえ、大人ですよ。……こんなふうに」

そう言って、茨木は握り合ったままの二つの手を自分の顔に近づけた。そして、俺の手の甲にキスを落とす。

その瞬間、主人公の海賊が発射した大砲の音が轟いたせいでごまかせたが、そうでなければ、チュッという音が楢崎先輩と間坂君に聞こえてしまっていただろう。そのくらい、けっこうしっかりしたキスだった。

「な、な、何す……‥！」

もう、顔から火を噴きそうに恥ずかしい。映画館で手を握るなんて、それだけで十分すぎるほどお約束なのに、その手にお姫様にするようにキスされたのだ。狼狽えすぎて、どうリアクションしていいかさえ、もうわからない。

たぶん、海賊は敵と死闘を繰り広げているはずなのだが、それすら気にならないくらい動《どう》転《てん》してしまった俺を見つめて、茨木は恐ろしく爽《さや》やかに笑って片目をつぶった。

「二人で映画を観るのは、これが初めてですから。一生思い出に残るように、頑張ってみました」

そんなことで頑張ってくれなくてもいい。力いっぱいそう言いたいのだが、なぜか握り合った手をほどく気にはもうなれない。

手の甲のキスされたのと同じ場所を、茨木の少し荒れてざらついた親指が撫でる。愛おしむような小さな動きが、恥じらいを上回る幸福感を俺に与えてくれた。

「一生残るよ。間違いない」

どうにかそれだけ言うと、茨木はとても嬉しそうに、幸せそうに微笑んだ。そして俺たちは、映画のクライマックスもきっちり堪能すべく、手を繋《つな》いだままでスクリーンに視線を戻した。

やがて海賊は敵艦を撃破し、海賊船も大破したものの沈没を免れる。そして、宿敵である軍艦の艦長との一騎打ちを制した海賊は、囚《とら》われていたヒロインを救出する。だが、ヒロインとそのまま航海を続けると思われたのも束《つか》の間《ま》、彼女が平穏な人生を送ることを祈る海賊は、あえて彼女に冷たく接し、彼女を船から追放してしまう。

彼女は突然の恋人の心変わりを受け入れることができず、ただ呆然《ぼうぜん》と港に佇《たたず》み、水平線の向こうに消えていく海賊船を見送り続ける……そんな悲しいシーンで、エンドクレジットが流れ始めた。

おそらくストーリーは次作に続き、いつか二人はよりを戻してハッピーエンドの大団円を迎えるのだろうが、痛快な活劇の幕引きにしては、今回はあまりにも悲しいラストシーンだ。

「うわ、そりゃないよ……」

思わず呟くと、ようやく手を離した茨木が、俺の耳元でクスクス笑いながら囁いてきた。

「横を見てごらんなさい」

「…………？」

言われるままに隣の二人を見た俺は、ギョッとして思わず茨木のほうに身を引いた。

いつの間にか、間坂君は顔がぐちゃぐちゃに崩れるくらい大泣きしていたのである。一途《いちず》に海賊を想《おも》うけなげなヒロインに自分を重ね（たぶん体格はヒロインの倍くらいあるのだが）、感情移入してしまったのだろう。

「……おい。もうじき灯《あか》りが点くぞ。その前になんとかしろ」

ぶっきらぼうに言ってそんな間坂君にハンカチを手渡した楢崎先輩も、信じられないことに眼鏡を外し、そっと目頭を押さえている。

どうも、すべてにおいてクールで執着しない質《たち》だと思っていた楢崎先輩は、意外なほどに情緒豊かであるらしい。確かに俺も感動したが、泣くほどではなかった。ということは、俺より楢崎先輩のほうがはるかにセンシティブであるということで……。

ただ驚くばかりの俺の前で、ゴシゴシと涙を拭いた間坂君は、使ったハンカチを楢崎先輩に返した。先輩も同じハンカチでさりげないふうを装って目元を拭《ぬぐ》い、眼鏡をかけ直す。

「やはり、カップルというのは似るものなんですね」

笑いを滲《にじ》ませた声で、茨木は言う。そして彼は、小さな声でこう問いかけてきた。

「僕らも、そのうち似てくるんでしょうか」

「どっちがどっちに?」

「……さて。お互いに少しずつ歩み寄るのかもしれませんね」

「……どうだか」

優しくて温かくて控えめで、そのくせ妙に押しが強くて少しいじめっ子な茨木。

そんな不思議な恋人に、俺はこの先もずっと惑わされたり、振り回されたりしっ放しな気がする。きっとより強く影響されるのは、いつだって俺のほうだろう。

とはいえ、やられっぱなしでは男が廃る。さっき手を握られ、一方的にドキドキさせられた仕返しくらいは、きっちりしておかなくては。

エンドクレジットがそろそろ終わりかけなのを確かめ、俺は暗がりの中で茨木のワイシャツの襟首をぐいと摑んだ。

そして場内に灯りが点く寸前に電光石火のキスを奴の唇にお見舞いし、呆《ほう》けたように目を見開く茨木に、してやったりの笑みを向けてやった……。

あとがき

はじめまして、あるいはまた新しいシリーズでお会いできて嬉しいです。椹野道流です。

この「茨木さんと京橋君」は、K医科大学で繰り広げられる二組のカップルのお話です。K医大といえば、「メス花シリーズ」の舞台。時間的には、こちらの「いばきょー」が「メス花」の数年後という設定ですが、場所はまったく同じです。

登場はしないものの、江南と篤臣も同じ敷地内で元気に働いていると思いますし、二つのシリーズを繋ぐ人間として、消化器内科の楢崎がこちらでも活躍しています。というより、二組のカップルのうち一組は、彼とその相棒です。

たった数年で、メス花における「消化器内科のクール・ビューティ」がいかなる変貌を遂げたか……それを見ていただくのもまた一興かと。いつか、そのあたりの変遷を辿るお話を書けたらいいな、と思っていたりします。

メス花と違って、この小説の二組のカップルはどちらも医者どうしではありません。そのため、病院ものではあるけれど典型的な医者ものではないかも……。おそらくこれは、むしろ眼鏡小説……あるいは、二組のカップルにそれぞれタイプの違うわんこキャラが配置されているので、いっそわんこ小説と考えていただければいいのではないでしょうか。いずれにせよ、お楽しみいただけましたらとても嬉しいです。

では、最後にお世話になったお二方にお礼を。

イラストの草間さかえさん。私の中で草間さんは日本一の眼鏡名人なので、草間さんの眼鏡キャラたちを見ることができて、とても幸せでした。ありがとうございます。

担当のOさん。原稿をお送りしたあといただく短い感想の着眼点が、時々「そこかよ！」と突っ込みたくなるポイントなので、凄く楽しみです。ありがとうございます。

では、あまり遠くない未来に、続編でお目にかかれたらと思います。ごきげんよう。

樋野　道流　九拝

◆初出一覧◆
茨木さんと京橋君 1
(シャレード2007年7月号・9月号)
いつか似たもの同士……?(書き下ろし)

CHARADE BUNKO
茨木《いばらき》さんと京橋君《きょうばしくん》 1

[著 者] 椹野道流《ふしのみちる》
[発行所] 株式会社 二見書房
東京都千代田区神田神保町1-5-10
電話 03(3219)2311[営業]
03(3219)2316[編集]
振替 00170-4-2639
[印 刷] 株式会社堀内印刷所
[製 本] ナショナル製本協同組合

落丁・乱丁本はお取り替えいたします。
定価は、カバーに表示してあります。

ISBN978-4-576-08028-4
http://charade.futami.co.jp/